# RICHARD DÜBELL

# Der JAHRHUNDERT WINTE

W0212177

List Taschenbuch

Besuchen Sie uns im Internet:
www.list-taschenbuch.de

MIX
Papier aus verantwortungsvollen Quellen
FSC® C083411

Originalausgabe im List Taschenbuch
List ist ein Verlag der Ullstein Buchverlage GmbH, Berlin.
1. Auflage Oktober 2015
© Ullstein Buchverlage GmbH, Berlin 2015
Umschlaggestaltung: bürosüd° GmbH, München
Titelabbildung: © bürosüd° GmbH, München
Satz: LVD GmbH, Berlin
Gesetzt aus der Minion
Druck und Bindearbeiten: CPI books GmbH, Leck
Printed in Germany
ISBN 978-3-548-61307-9

# Der Jahrhundertwinter

## Das Buch

Heiligabend 1845: Gut Briest ist tief verschneit, ein Schneesturm hält die Region in Atem. Alvin von Briest, seine Frau Louise und sein kleiner Sohn Moritz erwarten ungeduldig die Ankunft von Paul Baermann, einem Freund des Hauses. Doch Paul kommt nicht. Sein Zug ist nie in Genthin angekommen. Alvin ist beunruhigt – die Temperaturen fallen, und er weiß, bei diesem Wetter kann ein Zugunglück den Tod bedeuten. Gemeinsam mit seinem Freund Otto von Bismarck wagt er sich hinaus in den Sturm, um Paul zu suchen. Louise bleibt besorgt mit Moritz auf Gut Briest zurück. Um ihrem Sohn die Angst zu nehmen, erzählt Louise ihm die mittelalterliche Geschichte vom »Hirten«. Auch sie kann nur auf ein Weihnachtswunder hoffen. Wird Alvin Paul noch rechtzeitig finden?

Weihnachten mit Alvin, Louise und Paul – bekannt aus dem Erfolgsroman *Der Jahrhundertsturm*.

## Der Autor

Richard Dübell, geboren 1962, lebt mit seiner Frau und zwei Söhnen bei Landshut. Als Autor von historischen Romanen stürmt er seit Jahren die Bestsellerliste. Inzwischen ist er aber auch als Krimiautor bekannt.

Homepage des Autors: www.duebell.de

In unserem Hause sind von Richard Dübell bereits erschienen:
In der Reihe »Ein Peter-Bernward-Krimi«:
*Allerheiligen* · *Himmelfahrt*

Außerdem:
*Der Jahrhundertsturm*

# *Der Jahrhundertwinter*

## Teil 1

*Gut Briest, Dezember 1845*

Manchmal musterte Louise ihr Gesicht im Spiegel, nur um sicherzustellen, dass sie selbst es war, die ihr daraus entgegenblickte. In den letzten Jahren war das Leben gut zu ihr gewesen. Sie war diese Güte gar nicht mehr gewöhnt gewesen. Es fiel ihr immer noch schwer, auf ihre Fortdauer zu vertrauen. Zuweilen fragte sie ihr Spiegelbild in Gedanken: Louise von Briest, du bist weit gekommen, seit du Louise Ferrand warst und Alvin dich aus dem Elendsviertel in Paris herausgeholt hat; hast du das auch verdient?

Jetzt betrachtete sie ihr Konterfei erneut, aber nur, weil es draußen nicht viel zu sehen gab. Sie blickte zum Fenster des Salons von Gut Briest hinaus in Richtung Gutseinfahrt; die Kerze, die neben ihr auf dem Fenstersims stand, ließ ihr Gesicht in der Fensterscheibe spiegeln. Draußen war alles grau und weiß. Die Welt verschwand in diesem weiß-grauen Gewirbel, nicht einmal die Kapelle zwischen der Gutseinfahrt und dem Herrenhaus war zu sehen. Verrückt. Ein Schneesturm wie dieser am Heiligen Abend! Am späten Vormittag hatte er mit aller Wucht eingesetzt.

Jetzt war es früher Nachmittag. Wenn es so weiterging, würden sie am Weihnachtstag eingeschneit sein.

Moritz, der auf dem Teppich vor dem Kamin saß und mit den Krippenfiguren spielte, murmelte vor sich hin. Louise wandte sich ab und lächelte den Zweieinhalbjährigen an. Moritz war in seine Figurenkonstellation vertieft und beachtete sie gar nicht.

Der Kleine war einer der Gründe, warum sie empfand, dass das Leben gut zu ihr war. Er und ihr Ehemann Alvin von Briest, der sie liebte und dessen Liebe sie aus tiefstem Herzen erwiderte. Der dritte Grund war Paul Baermann, Alvins bester Freund – den Louise ebenfalls liebte. Im Grunde genommen war sie eine Katastrophe, diese Liebe, die sie zu den beiden Männern in gleichem Maß empfand und von der nur Paul etwas wusste, aber nicht Alvin … Sie wollte beide Männer behalten, obwohl ihr der Gedanke an Alvin, wenn sie bei Paul gewesen war, stets das Herz gebrochen hatte, so wie es ihr jetzt das Herz brach, an Paul zu denken. Die Sehnsucht war immer groß, immer schmerzhaft und immer süß. Eigentlich hätte sie das Leben verfluchen müssen, das ihr dieses Dilemma eingebrockt hatte, doch die Dankbarkeit, dass sie eine solche Liebe zweimal erfahren durfte, war größer.

Sie seufzte. Paul war auf dem Weg hierher, mit dem Zug auf der neu erbauten Bahnlinie, die von Berlin nach Magdeburg verlief. Dieses Weihnachten würde sie ihre beiden Männer beisammenhaben. Außer einer freundschaftlichen Umarmung und langen Blicken würde sie nichts mit Paul austauschen können, aber das war egal. Hauptsache, er war hier.

Verstohlen betrachtete sie Moritz. Sein bei Geburt dunkles Haar hatte im Herbst begonnen, sich aufzuhellen und einen rötlichen Stich zu bekommen. Sie ahnte, dass er, wenn es sich vollends rot gefärbt haben sollte, seinem Vater plötzlich frappierend ähneln würde. Seinem rothaarigen Vater Paul Baermann, der von seiner Vaterschaft ebenso wenig wusste, wie es Alvin klar war, dass Moritz nicht von ihm war! Und das durften beide Männer auch niemals erfahren. Selbst wenn es bedeutete, dass sie in Zukunft Moritz unter irgendeinem Vorwand verstecken musste, wenn Paul zu Besuch war, Paul, der als Ingenieur einen viel klareren und schärferen Blick hatte als der romantische Gutsverwalter und Offizier Alvin. Doch über diese Brücke würde sie gehen, wenn es so weit war. Dieses Weihnachten, das Weihnachten des Jahres 1845, war es noch nicht so weit.

Seit ihrer Heirat mit Alvin und ihrem Einzug als Gutsverwaltersgattin auf Briest hatte Louise einiges darüber gelernt, wie gänzlich verschieden die preußischen Weihnachtsbräuche von denen in Paris waren. Im Salon von Gut Briest stand ein geschmückter Christbaum, eine Tanne, den Alvin aus eigener Tasche hatte bezahlen müssen, denn Tannen waren selten und teuer, und Levin von Briest, Alvins älterer Bruder, der das Gut geerbt hatte, war ein Geizkragen. Dutzende kleiner Wachskerzen waren mit Draht an den Zweigen befestigt. Zwischen den Ästen hing Weihnachtsgebäck in allen möglichen Formen: Engelsfiguren, Sterne, Tiere. Den Figuren in den unteren Regionen fehlten bereits ein paar Gliedmaßen, ein Beweis dafür, dass Moritz die Gunst der Stunde zu nutzen wusste, wenn Louise ihre Aufmerksamkeit von ihm abwendete.

Louise war der Brauch, einen Christbaum aufzustellen, nur von den deutschen Nachbarn in La Villette bekannt gewesen, dem ärmlichen Viertel, aus dem Alvin sie herausgeholt hatte. Auch die Deutschen in La Villette hatten sich keine Christbäume leisten können, aber sie hatten davon gesprochen. Bevor Louises Vater sich wegen seiner Spielschulden umgebracht und die Ferrands noch in dem schönen großen Haus an der Seine gewohnt hatten, waren Mistelzweige und Weihnachtssterne der traditionelle Schmuck gewesen. Ein Bund aus Misteln fand sich auch unter dem Weihnachtsschmuck auf Gut Briest – er hing neben dem Kamin von der Decke. Alvin bestand darauf, seit er gelernt hatte, dass man sich darunter am Neujahrstag küssen durfte und so dafür sorgte, dass einem die Liebe erhalten blieb.

In einer Hinsicht hatte Louise allerdings darauf bestanden, dass das Brauchtum ihrer Heimat die preußischen Gepflogenheiten ablöste. Am Heiligen Abend gab es auf Briest keinen Eintopf zu essen, sondern das *Réveillon*, ein Festmahl mit Pasteten, Truthahn und Champagner. Alvin dazu zu überreden, war allerdings nicht schwer gewesen. Louise vermisste die Austern, die traditionell zum *Réveillon* gehörten, aber man konnte nicht alles haben … und der französische Champagner, den aus dem Bestand seines väterlichen Gutes Schönhausen zu liefern Otto von Bismarck für sich in Anspruch nahm, war der beste, den Louise je getrunken hatte.

Sie wandte ihre Aufmerksamkeit nach draußen, weil

sie aus dem Augenwinkel eine Bewegung wahrgenommen hatte. Zwei Gestalten tauchten auf einmal aus dem Schneegestöber auf, eine davon so hochgewachsen und breitschultrig, dass es selbst der wild um sie herumflatternde, weite Kutschermantel nicht verbergen konnte. Sie liefen aufs Herrenhaus zu, polterten zur Eingangstür herein und standen gleich darauf im Salon, einen Schwall Kälte mitbringend. Das Hausmädchen huschte hinter ihnen herein und half ihnen aus den Mänteln. Beide stiegen vorsichtig über die von Moritz über den halben Raum verteilten Krippenfiguren und stellten sich mit den Rücken zum Feuer, die Jackenschöße hochgehoben, um sich zu wärmen. Ihre Gesichter waren rot vor Kälte, die Haare zerzaust, ihre Augen blitzten.

Louise lehnte sich gegen das Fenstersims und verschränkte die Arme. »Und? Wisst ihr jetzt mehr als das, was man von hier drinnen sieht, nämlich dass das Wetter katastrophal ist?«

»Haben nun zumindest die … hmmmm … Bestätigung aus erster Hand dafür«, erwiderte der hochgewachsene Mann. Er war blond, trug einen Schnauzbart und hatte eine helle, kratzige Stimme, mit der er manchmal stockend sprach.

Der andere Mann war ebenfalls groß, aber schlanker und dunkelhaarig. Er lächelte. »Louise, mein Schatz, ich hoffe, wir haben genügend passende Teller und Besteck. Wir werden einer mehr für das *Réveillon*. Otto kann bei diesem Wetter unmöglich nach Schönhausen zurückreiten.«

Der andere Mann straffte sich. »Bin sehr dankbar,

aber unmöglich. Ist mein erstes Weihnachten auf Schönhausen seit Vaters Tod. Der Gutsherr kann das Fest nicht anderswo verbringen. Würde außerdem nur stören.«

Louise sagte: »Unsinn, Herr von Bismarck. Sie bleiben hier. Nicht mal ein Reiter wie Sie käme bei diesem Wetter bis nach Schönhausen. Mit Ihrem Besuch, um uns ein frohes Fest zu wünschen, haben Sie uns heute Vormittag schon viel Freude bereitet. Sie verlängern diese Freude, indem Sie bleiben.«

Bismarck räusperte sich verlegen.

Alvin klopfte ihm auf die Schulter. »Damit wäre alles gesagt, Otto. Außerdem – das schwöre ich dir – willst du Louises französisches Abendmahl nicht versäumen. Schon gar nicht die Biskuitrolle zum Dessert! Was gäb's denn auf Schönhausen?«

»Eintopf«, erwiderte Bismarck düster.

»Nur schade, dass Sie Lily nicht mitgebracht haben«, erklärte Louise, die nicht widerstehen konnte, Bismarck einen kleinen Stich zu versetzen. »Paul kommt auch zu Besuch. Er hätte sich sicher gefreut, seine Schwester wiederzusehen.«

»Ja … hmmmm … sehr schade«, sagte Bismarck, dem man ansehen konnte, dass er sich innerlich wand. Louise betrachtete es mit Vergnügen. Es war eine Art Sport zwischen ihr und dem jungen Gutsbesitzer, mit dem Alvin seit Jahren befreundet war. Bismarck nutzte jede Gelegenheit, um bei Banketten und Einladungen über Frankreich herzuziehen, selbstverständlich nie, ohne zu betonen, dass er damit nur die französischen Politiker meinte und nicht das französische Volk und schon gar nicht die formidabelste Vertreterin dieses Volks, nämlich Louise von Briest. Louise wiederum rieb Bismarck bei jeder passenden Gelegenheit sein Verhältnis zu Pauls Schwester unter die Nase. Bismarck hatte Lily auf Louises und Alvins Hochzeit kennengelernt und sie unter dem äußerst fadenscheinigen Vorwand, er brauche eine Haushälterin, auf sein Gut Kniephof in Pommern mitgenommen. Als er in diesem Herbst Schönhausen nach dem Tod seines Vaters Ferdinand übernommen hatte, war Lily auf Kniephof geblieben.

Louise erlöste Bismarck aus seiner Verlegenheit; sie lachte und sagte: »Es ist schön zu wissen, dass Sie bleiben, Herr von Bismarck. Auf Schönhausen gibt es nur leere Zimmer und ein einsames Mahl vor dem Kamin. Hier gibt es Wärme und Freundschaft.«

»Du hast doch ohnehin kaum Vorräte auf Schönhausen, oder?«, fragte Alvin. »Die Kartoffelfäule hat dich genauso schlimm erwischt wie die meisten.«

Bismarck nickte. Die Zustände auf den Kartoffelfeldern waren seit langem besorgniserregend. Vor vier Jahren hatte die Krankheit zu einem katastrophalen Ernteausfall in den amerikanischen Staaten geführt, jetzt hatte es die europäischen Länder erwischt. Irland nagte am Hungertuch. Schönhausen hatte ebenfalls fast die gesamte Ernte verloren. Alvin war glücklicher weggekommen, weil er aus Geldmangel mehrere verschiedene, zum Teil unpopuläre Kartoffelsorten hatte anbauen lassen. Viele von ihnen waren nicht befallen worden.

»Und mit Paul verstehst du dich doch auch blendend«, erklärte Alvin. Otto und Paul hatten sich ebenfalls auf der Hochzeit kennengelernt, nachdem Alvin ihnen schon wechselseitig voneinander erzählt hatte.

»Was mich darauf bringt, dass Paul schon lange eingetroffen sein müsste, oder nicht?«, fragte Louise.

Alvin nickte. »Der Schneesturm wird den Zug aufhalten. Deshalb sind Otto und ich zur Gutseinfahrt gegangen, um zu sehen, ob der Schlitten vielleicht gerade eintrifft. Der kommt durch den Schnee auch nur langsam voran.«

Einer der Gutsknechte war auf Alvins Geheiß mit einem Pferdeschlitten nach Genthin gefahren, dem nächstgelegenen Bahnhof von Briest aus, um Paul abzuholen. Der Zug von Berlin nach Magdeburg, seit dem Herbst in Betrieb, hielt dort regulär an.

»Wann hätte der Zug eintreffen sollen?«, fragte Bismarck.

»Fahrplanmäßig um kurz nach elf Uhr. Dann noch mal eineinhalb Stunden mit dem Wagen von Genthin bis nach Briest.«

Bismarck spähte auf die Standuhr im Salon. »Zwei Stunden überfällig.«

Er sagte es ganz gelassen, aber Louise hatte plötzlich das Gefühl, dass etwas Unheilverkündendes in seiner Stimme zu hören war.

Etwas später sah Moritz so plötzlich auf, dass Louise, die neben ihm auf dem Boden saß und die Krippenfiguren sortierte, zusammenzuckte. Irgendwie hatte eine Handvoll Zinnsoldaten ihren Weg in das Krippenarrangement gefunden – ein paar Offiziere in Preußischblau samt einem Feldherrn mit weitem Mantel und einem Unteroffizier in Hemdsärmeln, der einen Spaten über der Schulter trug. Sooft sie sie beiseitelegte, räumte Moritz sie wieder zu den anderen Figuren dazu.

Alvin saß mit Bismarck vor dem Feuer; die beiden hatten sich in ihren Sesseln leise raunend die Köpfe über die Unwägbarkeiten des Lebens als Gutsherr heißgeredet. Beide Männer standen auf. Sie hatten es auch gehört – das leise Klingeln von Glöckchen.

Alvin lächelte. »Der Schlitten ist da«, sagte er. »Gehen wir Paul begrüßen.«

Es stellte sich heraus, dass der Schlitten ohne Paul von Genthin zurückgekehrt war. Der durchgefrorene Knecht erklärte mit klappernden Zähnen, dass der Zug irgendwo weit vor Genthin stecken geblieben sein musste. »Die ham eenen mit nem Gaul von Genthin aus losjeschickt det Gleis lang, der kam nach ner Stunde wieder und sagte, det er den Zug nich jefunden hätte und det er umjekehrt wäre, weil vor lauter Schnee die Schienen nich mehr zu sehen jewesen wären.« Der Knecht schniefte und wischte sich die Nase mit dem Jackenärmel. »War halb erfroren, der Ärmste. Die Eisenbahner ham ihn mit nem Schnaps wieder uffjetaut.« Er schielte hoffnungsvoll zu dem Tablett mit den Karaffen. »Det ick nüscht Falschet sage – zwee Schnaps waren's!«

»Die haben einen Reiter losgeschickt?«, fragte Bismarck. »Funktioniert der … hmmmm … optische Telegraf nicht? Haben doch zwei oder drei Stationen zwischen Genthin und Brandenburg.« Dann beantwortete er seine Frage selbst. »Natürlich nicht. Sicht gleich null.«

Louise fing Alvins besorgten Blick auf.

»Wenn der Zug entgleist ist …«, sagte er.

»Es reicht schon, wenn er stecken geblieben ist, Alvin«, unterbrach Louise. »Für die kleinen Öfen in den Waggons reicht das Feuerholz nicht ewig. Und wenn die Öfen erlöschen, dann wird es kalt – bitterkalt.«

»Was unternimmt das Personal in Genthin?«, fragte Alvin den Knecht.

Der Knecht zuckte mit den Schultern. »Noch'n Schnaps trinken?«

Nun wechselten Alvin und Bismarck bedeutungsvolle Blicke. Ein schwaches Lächeln huschte über Bismarcks Züge. Louise kannte das Lächeln. Es kam immer dann, wenn Bismarck sich anschickte, seiner Abenteuerlust freien Lauf zu lassen.

»Ein halbes Dutzend Männer mit zwei großen Schlitten«, sagte Bismarck.

Alvin nickte. »Und Decken, übriger Kleidung, Laternen, Feuerholz …«

»Schaufeln«, sagte Bismarck.

»Lebensmittel«, sagte Alvin.

»Ersatzpferde«, sagte Bismarck.

»Fackeln«, sagte Alvin.

»Verbandszeug«, sagte Louise.

Die beiden Männer starrten sie an.

Louise warf die Hände in die Luft. »Schaut mich nicht so an. Wenn der Zug verunglückt ist, kann es Verletzte gegeben haben.« Ihr wurde übel vor Angst bei diesem Gedanken, aber sie bemühte sich, klar zu denken.

»Sie hat recht«, sagte Alvin.

»Nicht zu … hmmm … leugnen«, sagte Bismarck.

»Männer!«, sagte Louise und machte sich daran, die Ausrüstung zu organisieren, während Alvin und Bismarck den enttäuschten Knecht mit nach draußen nahmen, um die Rettungsmannschaft auf die Beine zu stellen.

Der Plan war simpel. Alvin, Bismarck und die beiden Pferdeschlitten würden fast geradewegs nach Osten aufbrechen, in Richtung auf Brandenburg zu. Auf diese Weise mussten sie nördlich von Genthin auf die Gleise stoßen und konnten sich an ihnen entlang weiterarbeiten, gegen die Fahrtrichtung. Irgendwann mussten sie auf den Zug stoßen. Ob sie die Schienen überhaupt finden würden, wenn schon der Helfer, der vom Genthiner Bahnhof aufgebrochen war, versagt hatte, war eine andere Frage. Aber lieber, das war Bismarcks Credo, unternahmen sie etwas Idiotisches, bevor sie gar nichts unternahmen.

Die Knechte waren nicht begeistert, aber sie waren es gewöhnt zu gehorchen. Der Autorität, die Otto von Bismarck an den Tag legte, konnte ohnehin niemand Widerstand leisten. Alvin sorgte für die positive Motivation, indem er mit ein paar Schnapsflaschen aus dem Privatbestand seines Bruders in den Hof trat, sie in die Satteltaschen seines Pferds steckte und versprach, sie unterwegs immer wieder kreisen zu lassen.

Die Schlitten mit den Knechten darauf und die beiden Reiter – Alvin und Otto – wurden schon vom Schneetreiben verschluckt, bevor sie an der Kapelle vorbeikamen.

Louise bildete sich ein, das Klingeln der Glöckchen noch eine Weile zu hören, aber was sie tatsächlich vernahm, war das Knacken und Ächzen des auf einmal still gewordenen Gutshauses. Die Flocken wirbelten seltsam lautlos gegen das Fenster. Man hätte meinen sollen, dass ein Schneesturm dieser Stärke den Wind heulen ließ, aber die Flocken tanzten stumm.

Das Hausmädchen servierte Louise Kaffee und für Moritz eine *Chocolat*; ein weiterer Brauch, den Louise aus Paris mitgebracht hatte und den Alvin lächelnd duldete, obwohl die Preise für die Schokolade ruinös waren. Aber er und sie hatten ihre ersten vertraulichen Worte über einer Tasse *Chocolat* miteinander gewechselt, als sie sich in Paris kennengelernt hatten. Das Getränk besaß für ihn einen romantischen Wert.

»Det is'n Unglück, so een Unglück, Frau Hauptmann«, murmelte das Hausmädchen. »Die armen Menschen in dem Zug!«

»Danke«, sagte Louise, obwohl sie sich am liebsten die Ohren zugehalten hätte. Sie hatte die beherrschte, überlegte Frau vorhin nur gespielt. In Wahrheit drückte ihr die Angst um Paul das Herz ab.

Moritz stand plötzlich auf. »Papa?«, fragte er. »Onkel Otto?«

»Papa und Onkel Otto sind losgefahren, um Paul abzuholen«, sagte Louise heiser.

Louise erschrak, als sich das Gesicht des Kleinen unvermittelt verzerrte und er zu schluchzen begann.

»Papa!«, stieß er hervor.

»Der Herr Hauptmann kommt ja bald wieder, Kleener«, versuchte das Hausmädchen, den weinenden Moritz zu trösten. »Soll ick ihm noch eene Schocklade machen, Frau Hauptmann?« In den Augen der gemütvollen Frau standen Tränen angesichts Moritz' Kummer.

»Ja, bitte.«

Moritz stand mit hängenden Armen vor dem Christbaum und schluchzte. Louise kniete vor ihm nieder und nahm ihn in die Arme. Moritz klammerte sich an ihr fest. »Was hältst du davon«, flüsterte sie ihm ins Ohr, »wenn ich dir eine Geschichte erzähle, bis Papa und Onkel Otto und Paul da sind?«

»Tut man det ooch in Paris, wo Sie herkommen, Frau Hauptmann?«, fragte das Hausmädchen. Sie klaubte ächzend Moritz' Tasse auf. »Jeschichten erzählen an Heilichabend vor die Bescherung?«

»Nein, das habe ich erst hier gelernt.«

»Det hab ick jeliebt, mein Vater un meine Onkels vorm Baum an Heilichabend, und jeder hat ne Jeschichte erzählt und hat vasucht, die annern zu übertrumpfen. Meine Jeschwister und ick ham jar nich jemerkt, wie die Zeit vergeht!« Das Hausmädchen seufzte in seliger Erinnerung. »Mit solche roten Backen ham wir dajesessen und jelauscht!«

»Geschichte«, sagte Moritz unter Tränen.

Louise setzte sich auf den Boden und zog Moritz auf den Schoß. »Lass mal sehen, welche Geschichte mir einfällt …«

»Ick mach dann noch eene Schocklade«, sagte das Hausmädchen, sichtlich unwillig, den Salon zu verlassen.

Louise ging auf, dass die junge Frau die Geschichte auch hören wollte. Trotz ihrer Sorge um Paul musste sie lächeln. »Wenn du mit der *Chocolat* kommst, fangen wir an«, sagte sie.

»Ick flieje!«, rief das Hausmädchen und rannte hinaus.

Louise dachte nach. Welche Geschichte kannte sie, die sie Moritz erzählen konnte? Und dem Hausmädchen? Ihr wurde bewusst, dass sie nur eine einzige Weihnachtsgeschichte kannte, und die stammte noch nicht einmal aus Frankreich. Sie hatte sie von einer der deutschen Familien in La Villette gehört. Angeblich war sie tatsächlich geschehen, vor langer Zeit, dort, wo Louises Nachbarn gelebt hatten ... hmmm ...

Gedankenverloren nahm sie eine der Figuren von der Krippe auf. Es war ein Hirte mit einem Schaf auf den Schultern, aus Gips geformt und leicht beschädigt. Sie stellte den Hirten auf den Teppich.

»Hier«, sagte sie. »Das ist der Ritter Rainald von Mandach. Er ist der Held dieser Geschichte. Und das ...«, sie sah sich nach weiteren Figuren um und fand einen Hirtenknaben mit einer Flöte, »... ist Rainalds Sohn Johannes. Er ist ein bisschen älter als du. Und das ...«, ein weiterer Hirtenknabe, der auf dem Boden kauerte und ein Lamm auf dem Schoß hielt, »... ist Blanka. Sie ist Rainalds Tochter. Lass sehen, wen brauchen wir noch ...?« Louise begann, sich für ihre selbstgestellte Aufgabe zu erwärmen. Im gleichen Maß kehrte die Erinnerung an die Geschichte zurück. »Richtig, wir brauchen Rainalds Pferd! Caesar!« Zu spät fiel ihr ein, wie die Geschichte anfing.

Moritz hatte den Esel bereits aus der Krippe genommen und hielt ihn hoch. »Caesar!«, sagte er.

Louise räusperte sich. Jetzt konnte sie nicht mehr zurück. »Ja«, sagte sie zögernd und legte den Esel neben die drei anderen Figuren, »aber Caesar ist … äh … krank …«

Moritz streichelte die Figur des Esels tröstend.

Louise biss sich auf die Lippen.

»Caesar muss sterben?«, fragte Moritz.

»Wir brauchen noch eine Figur«, stieß Louise hervor, in der Hoffnung, dass sie den Anfang der Geschichte so schnell erzählen konnte, dass Caesars Schicksal an Moritz vorüberflog, »wo nehmen wir die her …?«

Sie fand eine Figur, deren Gesicht vom vielen Anfassen blank gerubbelt war und die eine undefinierbare Kutte trug. Dabei fiel ihr auf, dass Moritz drei seiner Zinnsoldaten vor der Heiligen Familie aufgebaut hatte – einen der Soldaten, den Unteroffizier im Hemd und den Feldherrn. Die Zinnfiguren waren deutlich kleiner als die massigen Gipsfiguren von Josef, Maria und dem Jesuskind.

»Sind das die Heiligen Drei Könige?«, fragte sie lächelnd. »Die muss es doch auch von den Originalfiguren geben, die würden besser dazu passen …« Sie wollte die Figuren beiseiteschieben.

Moritz packte ihre Hand. »Papa, Paul und Onkel Otto«, sagte er und deutete auf die drei Zinnfiguren.

Louise starrte sie sprachlos an. Moritz hatte auf den preußischen Offizier, den hemdsärmeligen Unteroffizier, der gar nicht wie ein Soldat aussah, und den Feldherrn gedeutet. Der Mantel, den der Feldherr trug, sah aus wie der weite Kutschermantel, in dem Otto von Bismarck auf Gut Briest angekommen war.

»Was … was tun die drei da?«, hörte sie sich fragen.

»Kommen heim«, sagte Moritz.

Louise schluckte. Ihr Herz pochte schwer.

»Geschichte?«, fragte Moritz.

Die Tür öffnete sich. Das Hausmädchen kam mit einer dampfenden Tasse herein. »So, kleener Herr, hier is die Schocklade«, sagte sie und kniete vor Moritz nieder. »Jestatten Frau Hauptmann, det ick die Jeschichte ooch höre?«

»Deshalb habe ich gewartet«, sagte Louise, aber sie lächelte wie abwesend und betrachtete immer noch die drei Zinnfiguren. Eine große, halb abergläubische Angst um alle drei Männer stieg auf einmal in ihr auf. Gab es nicht Dutzende von Legenden, in denen jemand an Heiligabend von alten Sünden eingeholt wurde? Sie fröstelte. Sie kannte ihre Sünde genau. Und auch wenn sie sie nur aus Liebe begangen hatte, war es doch eine Sünde. Würde die Sünde sie nun heute einholen, indem ihr die zwei Männer genommen wurden, die sie liebte, und dazu Otto von Bismarck, der bei aller Aufgeblasenheit und Selbstgerechtigkeit immer ein treuer Freund gewesen war?

Louise neigte nicht zu Frömmigkeit, doch jetzt wäre sie am liebsten hinaus zur Kapelle gelaufen und hätte für die Sicherheit der Männer gebetet.

»Geschichte?«, fragte Moritz noch einmal.

»Ja«, sagte Louise und räusperte sich. Sie stellte die gesichtslose Figur, die sie in einer kalt gewordenen Hand gehalten hatte, ab. »Die Geschichte …«

## *Der Hirte*

Teil 1

Die Kapelle war wenig mehr als ein Holzgerüst, in das Weiden- und Haselzweige geflochten und mit Lehm und Erde verschmiert worden waren; das Dach bestand aus Reisigbündeln. Rainald stampfte den Schnee von seinen Stiefeln und kniete ächzend nieder. Er bekreuzigte sich, sah auf das nackte Kruzifix aus behauenen Baumstämmen und wusste nicht, was er sagen sollte.

»Da sind wir nun, Herr«, sagte er schließlich. Er räusperte sich. Von draußen hörte er die Stimme Blankas, ohne verstehen zu können, was die Sechsjährige gesagt hatte. Er hörte eine Antwort in einer unwesentlich tieferen Tonlage: Johannes, drei Jahre älter. »Da sind wir nun«, sagte er zum zweiten Mal. »Alle drei. Die gesamte Familie.« Sein Atem schwebte vor ihm in der Düsternis der Kapelle.

Plötzlich fiel ihm ein, dass er das Schwert noch an der Hüfte trug. Mit vor Kälte tauben Fingern nestelte er die Verschlüsse auf und legte die Waffe neben sich auf den Boden. In den Falten der hellen Lederwicklung am Griff und in der Ziselierung der Parierstange war noch getrocknetes Blut zu sehen, schwarzbraun in der Finsternis. Was er mit Schnee hatte reinigen können, hatte er gereinigt. Er hatte nicht gut gesehen, weil Tränen in seinen Augen gestanden hatten und er sie versucht hatte wegzublinzeln, damit seine Kinder ihn nicht weinen sahen.

»Der zweite Streich war der Schlimmste. Ich starrte Caesar in die Augen und sah das Licht darin schwinden und wusste, dass ich noch einmal würde zuschlagen müssen, um sein Leiden zu beenden.« Er bemerkte, dass er laut gesprochen hatte. Das nackte Kreuz erwiderte nichts. »Ich habe ihn als Fohlen bekommen. Da war ich Knappe. Ich habe ihn aufgezogen und eingeritten. Als Johannes auf die Welt kam, trug er mich aus einem Hinterhalt, obwohl zwei Pfeile in seinem Fleisch steckten – er rannte einfach allen anderen Pferden davon. Auf dem Schlachtfeld vor Iconium stupste er mich so lange mit der Schnauze an, bis ich erwachte; die meisten von den anderen Verwundeten kamen um. Natürlich weißt Du das alles, Herr, genauso wie Du weißt, dass ich nicht anders konnte, als ihn zu töten. Mit dem gebrochenen Bein war nichts mehr zu machen. Die Wölfe hätten ihn sonst gekriegt.« Rainald schwieg einen Augenblick. »Du weißt das alles, Herr, daher bitte ich Dich, mir zu sagen, dass ich das Richtige getan habe, weil ich es selbst nicht weiß.«

Das Kruzifix schwieg. Die Astlöcher schauten ausdruckslos an Rainald vorbei zur Stirnseite der Kapelle, wo das trüber werdende Nachmittagslicht hereinsickerte, als zögere es vor der mächtigen Gestalt, die in der Kapelle kniete. Rainald seufzte.

»Herr, ich vertraue Dir zwei Leben an: das meines Erstgeborenen Johannes und das meiner Zweitgeborenen Blanka. Ohne das Pferd können wir die Didrichsburg kaum vor Einbruch der Nacht erreichen; wir kommen bis Trier, aber dorthin kann ich mich nicht wenden. In der Nacht werden die Wölfe kommen. Ich weiß nicht, was ich tun soll. Herr, bitte hilf mir, damit ich meinen Kindern helfen kann.« Er biss die Zähne zusammen, und weil der Schmerz immer noch zu tief war, flüsterte er nur mit gepresster Stimme: »Und schau gnädig auf die Seele Sophias. Sie war eine Heilige im Leben; nimm sie in Dein Reich auf und sage ihr, ich zähle die Tage, bis wir wieder vereint sind.«

Die Kinder hatten einen Kreis in den Schnee gestampft. Blanka trippelte von einem Bein auf das andere. Rainald konnte sehen, dass sie kurz davorstand zu weinen, was unweigerlich dazu führen würde, dass sie keinerlei vernünftigem Argument mehr zugänglich war und nur mit Brüllen und Schubsen vorwärtsbewegt werden konnte. Zumindest fiel Rainald in diesen Situationen nichts anderes ein als zu brüllen und zu schubsen. Johannes' dunkler Blick war undeutbar.

»Was ist?«, fragte Rainald. Die Stimmung, die in der Kapelle über ihn gekommen war, war bereits verflogen.

»Ich habe was gehört«, sagte Johannes.

»Und was?«

»Ich weiß nicht …«

»Der Schnee bricht Zweige ab, der Wind reibt die Äste aneinander, der Frost lässt das Eis knacken, deine Schwester klappert mit den Zähnen … etwas in der Art?«

Rainald hörte seine eigene Stimme und fand sie voller Hohn. Er bemühte sich, freundlich zu seinem Sohn zu sein, er bemühte sich weiß Gott, und gerade wenn er so weit war, dass er die Liebe wiedergefunden hatte, die den Jungen fast neun Jahre lang zu einer Sonne in seinem Leben hatte werden lassen, dann kam der Bursche und sagte etwas so ganz und gar Unbrauchbares, so Weibisches, so … Furchtsames! … wie ›Ich habe was gehört!‹ Es fiel Rainald schwer, nicht noch hinzuzufügen: ›… es sind Wölfe auf unserer Spur, der Tod wetzt seine Sense für uns … hast du das gehört?‹ Er tat es nicht – Blankas wegen.

»Nein«, sagte Johannes und blickte zu Boden.

Rainald schnaubte. Sein Zorn zog sich zurück, bereit, jederzeit wieder aufzuflammen.

»Was ist mit Caesar?«, piepste Blanka.

»Wir können ihn nicht mitnehmen, Kleines.«

»Aber wenn er hier liegen bleibt, erfriert er!«

Rainald schaute in die besorgten Augen seiner Tochter. Er musste sich ausgiebig räuspern. »Nein … äh … Caesar ist … weißt du, Kleines, er ist … tot.«

Über Blankas Nasenwurzel entstand eine Falte. »Ist er da, wo Mama ist?«

Rainald schloss die Augen. Warum musst du mich so etwas fragen?, dachte er. »Ja«, sagte er heiser.

»Dann kann sie ihn füttern!«

»Ja.«

»Und auf ihm reiten.«

Rainalds Stimme war kaum zu hören. »Ja.«

»Reitet sie auf ihm zu uns zurück?«

Rainald starrte die kleine Gestalt an.

»Papa? Ich möchte so gerne, dass Mama wieder zurückkommt.«

Als Rainald schwieg, sagte Johannes: »Sie kann nicht wieder zurückkommen, Blanka. Die Engel lassen sie nicht gehen.«

»Sind die Engel böse?«

»Nein. Sie haben Mama lieb und freuen sich, dass sie bei ihnen ist, deshalb lassen sie sie nicht gehen.«

»Oh!«

Als Rainald dachte, das Schlimmste wäre vorüber, sagte Blanka: »Aber wir haben Mama auch lieb und haben sie gehen lassen. Ich möchte, dass sie wieder zurückkommt!«

Johannes blinzelte ratlos. Er warf seinem Vater einen Seitenblick zu. Rainald holte Atem. Er wollte seine Stimme barsch klingen lassen, doch sie klang nur brüchig und müde: »Niemand kommt von dort zurück, wo Mama hingegangen ist. Wir müssen weiter, Kinder. Los!«

»Was ist mit dem Sattel und dem Zaumzeug?«, fragte Johannes.

Rainald schwang sich das Bündel über die Schulter, zu dem er die tragbaren Teile ihrer Ausrüstung geschnürt hatte. »Willst du die Sachen tragen?«

»Nein.«

Blanka lief zu der mächtigen, stillen Form Caesars hinüber. Der Pferdekörper war bereits von Schnee überzogen. Der Schnee schmolz nicht mehr. Das kleine Mädchen bückte sich und küsste das Pferd auf die Stirn.

»Mach's gut, Caesar«, sagte sie und wischte sich eine

Träne ab. Rainalds Kehle fühlte sich an, als würde sie jemand zusammenpressen.

»Da ist es wieder«, sagte Johannes. Er versuchte durch den sanft flimmernden Schneevorhang zu spähen.

»Was ist da wieder?«, fragte Blanka.

»Hör auf, die Kleine zu ängstigen!«, schnappte Rainald. »Kommt jetzt!«

»Was ist da wieder, Johannes?«

»Es klingt, als ob jemand weint«, sagte der Junge langsam.

»Verdammt noch mal«, sagte Rainald. Er wandte sich brüsk ab und stapfte durch den Schnee weiter. Die Kinder folgten ihm, Johannes mit dem zweiten Bündel auf dem Rücken, in dem die Habseligkeiten der Kinder waren. Rainald hatte hineingesehen, als er den toten Caesar von seiner Last befreit hatte, mit dem festen Vorsatz, alles neben den Weg zu werfen, was nicht unbedingt lebensnotwendig war. Er hatte gesehen, dass es sich fast ausschließlich um Blankas Sachen handelte – Kleider, billiger Schmuck … Puppen, deren Gewänder aus Flicken von Sophias Kleidern stammten und deren Haare Strähnen von Blankas oder Johannes' oder Sophias eigenen Haaren waren, die bei Läuseschuren oder bei einer modischen Veränderungen geschnitten worden waren. Sie hatten grau und strähnig ausgesehen wie die Haare von hundert Jahre alten Toten. Er hatte es nicht übers Herz gebracht, sie wegzuwerfen. Johannes trug sie, ohne einen Ton des Protests von sich zu geben.

Der Weg war zugeschneit. Keinerlei Spur, weder eines Tiers noch eines Menschen, bezeichnete seinen Verlauf zwischen den Bäumen. Wenn er erkennbar war, dann nur, indem man sich auf die Schneise zwischen den Stämmen konzentrierte, die seine Anlage geschlagen hatte. Ohne Kenntnis der Umgebung konnte man sich verirren, ohne es zu merken; und wenn man es doch merkte, gäbe es nicht den Hauch einer Chance mehr, zum Weg zurückzufinden.

Rainald kannte die Umgebung. Einmal hatten sie ihn fast bis hierher verfolgt. Nur das Gewitter, das schon den ganzen Tag über dem Hunsrück gehangen hatte und ausgerechnet in diesen Minuten mit einem ungeheuren Platzregen losgebrochen war, hatte ihn gerettet – die Verfolger hatten aufgegeben. Rainald erinnerte sich an die Stimmen: ›Ich kann die Hand nicht vor Augen sehen! … Wo steckt der Schweinekerl? … Hoffentlich erschlägt ihn der Blitz! … Hoffentlich holt ihn der Teufel, so wie er seine Alte geholt hat!‹ Die Verfolger waren angeheuerte Söldner gewesen, nicht aus der Gegend, nicht einmal aus der Stadt. Wer hierhergehörte, hätte anders von Rainalds Frau gesprochen – oder vielleicht auch nicht? Erinnerungen waren kurzlebig. ›Kommt her, dann stopf ich euch das Maul!‹, hatte Rainald gedacht, nur wenige Dutzend Schritte weiter hinter einem Baum versteckt, das Schwert halb gezogen. Doch insgeheim war er erleichtert gewesen, dass die Männer sich zurückgezogen hatten.

Rainald blieb stehen. Er horchte in das lautlose Fallen des Schnees hinein, dann drehte er sich zu Johannes um. Der Junge zuckte mit den Schultern.

»Na gut«, knurrte Rainald. Er ließ sein Bündel zu Boden gleiten und zog das Schwert. Blanka starrte ihn mit offenem Mund an. Johannes zerrte seine Schwester zu sich heran und packte den Griff des kleinen Schwerts, das Rainald ihm zu seinem achten Geburtstag hatte anfertigen lassen. Ein neuer Schwall bitteren, wütenden Spotts stieg in Rainald hoch. Schneid dich nicht, du Memme, dachte er.

Rainald holte Atem. »Wenn hier jemand ist, soll er rauskommen!«, brüllte er. Blanka zuckte zusammen. Der Winterwald schwieg. Rainald drehte sich einmal langsam mit erhobenem Schwert um sich selbst.

»Komm schon!«, brüllte er erneut. »Ich will, dass du dich zeigst!«

Als er am Ende seiner Drehung angekommen war, stand der Schatten auf dem Weg.

* * *

»Und was, wenn Ihr uns nicht gefunden hättet?«

»Ihr habt mich gefunden, nicht ich Euch.«

»Das ist eine Spitzfindigkeit und beantwortet meine Frage nicht.«

»Gott der Herr hat uns zusammengeführt.«

»Das beantwortet meine Frage genauso wenig.«

»Du darfst sie nicht drängeln, Papa, sie ist eine heilige Frau.«

Rainald seufzte, aber er schwieg. Das Gesicht der jungen Klosterschwester, die sich auf Rainalds Bündel hatte sinken lassen, war bleich, ihre Lippen blau und ihre Nase rot und wund. Sie sah aus, als hätte sie bereits einen halben Tag tot im Schnee gelegen. Rainald war sicher, dass ihr dieses Schicksal bestimmt gewesen wäre, wenn er und seine Kinder nicht hier entlanggekommen wären. Nun hatte sie vermutlich einen weiteren Tag herausgeschunden, bevor sie doch noch im Schnee endete. Danke, Gott, für ein paar mehr Stunden in diesem jämmerlichen Leben. Rainald dachte an die Wölfe.

»Ich bin keine heilige Frau, meine Kleine«, sagte die Klosterschwester und lächelte schwach. »Ich versuche nur die Arbeit zu verrichten, die die Heiligen uns hinterlassen haben.«

Blanka lächelte schüchtern zurück. Für einen Augenblick klammerten sich die Blicke der beiden Augenpaare ineinander, und Rainald hätte schwören mögen, dass sich das Gesicht der Schwester unversehens mit ein bisschen mehr Leben füllte und plötzlich jünger wirkte. Du lieber Gott, dachte er, so eine bist du. Lasset die Kindlein zu mir kommen, weil ich selber nie welche haben kann. Er schämte sich für die Abneigung, die in ihm hochstieg.

»Wir können Euch etwas Brot abgeben«, zwang er sich zu sagen.

»Wir haben Euch weinen gehört«, sagte Johannes gleichzeitig.

»Ich habe nicht geweint, mein Junge«, sagte die Schwester. Sie musterte Johannes freundlich. Rainalds Sohn wurde rot.

»Wir haben es gehört«, beharrte er.

»Ich habe nicht geweint. Ich hatte Angst, aber ich war zuversichtlich, der Herr würde mir helfen.«

»Der Herr hilft nur denen, die sich selber helfen«, hörte Rainald sich sagen.

Sie richtete ihr Lächeln auf ihn. »Richtig. Deshalb habe ich mich auch nicht in den Schnee sinken lassen und selbst aufgegeben, sondern bin einfach weitergegangen, obwohl ich mir nichts mehr wünschte, als mich hinzusetzen.«

»Eine kurze Strecke weiter ist eine Kapelle.« Rainald deutete mit dem Daumen über die Schulter. »Da könnt Ihr unterschlüpfen und Euch ausruhen, bis Hilfe kommt.«

»Aber da wagt sich doch heute niemand mehr hin!«, protestierte Johannes.

»Wieso? Es ist Weihnachten, da gehen selbst die Bauern in die Kirche«, sagte Rainald.

»Aber Papa, die Kapelle hat so ausgesehen, als wäre dort seit Jahren niemand mehr hingekommen.«

»Unsinn«, sagte Rainald, sprach jedoch nicht weiter. Er hatte soeben bemerkt, dass er in den letzten Augenblicken mehr mit seinem Sohn geredet hatte als in den vergangenen paar Monaten.

»Wie weit ist es bis zur Stadt?«, fragte die Schwester. »Ich war auf dem Weg dorthin.«

»Wir gehen nicht in die Stadt.«

Rainald spürte den überraschten Blick Johannes'. Er hatte seinen Kindern nicht verraten, wohin er mit ihnen gewollt hatte. Er hätte sich denken können, dass Johannes annehmen würde, Trier wäre ihr Ziel. Der Junge dachte stets an das Naheliegende. Zum Beispiel daran, sich zu verstecken, anstatt zu kämpfen.

»Wie du meinst«, sagte die Schwester.

»Papa ... die Stadt ist doch in einem halben Tagesmarsch zu erreichen! Und in ein paar Stunden ist es dunkel.«

»Ich will nicht im Wald sein, wenn es dunkel ist«, sagte Blanka.

»Unser Ziel ist die Didrichsburg«, sagte Rainald.

»Aber das ist doch viel weiter als bis zur Stadt! Wir müssen über den Fluss und …«

»Hermann ist mein Verbündeter, und wir werden die nächsten Wochen bei ihm verbringen.« Und danach ein neues Leben beginnen, fügte Rainald in Gedanken hinzu. Wenn es das Schicksal will. Das Schicksal jedoch schien es nicht zu wollen.

»Das schaffen wir nie im Leben. Die Stadt ist nur …«

»WIR GEHEN NICHT IN DIE STADT!!«, brüllte Rainald. »Wenn wir die Nacht im Wald verbringen müssen, NA UND? Fürchtest du dich vor den Schneeflocken, du FEIGLING!?«

Rainald hörte das Echo seines Geschreis im Wald widerhallen und ersterben. Blanka begann zu weinen. Johannes versuchte zu verbergen, dass seine Augen sich mit Tränen füllten. Rainald schluckte.

»Was gibt es in der Stadt, vor dem du dich fürchtest?«, fragte die Schwester in die Stille hinein.

»Wir gehen zur Didrichsburg«, sagte Rainald. »Hermann hat uns eingeladen, und wir gehen zu ihm. Er ist mein Verbündeter.«

»Ich will nicht im Wald sein, wenn es dunkel ist!«, rief Blanka. Ihre Stimme war nun schrill vor Panik.

»Sie fürchtet sich, wenn sie nichts sehen kann«, erklärte Johannes.

»Wald und Dunkelheit versetzen uns alle in Sorge«, sagte die Schwester. »Daran ist nichts Peinliches.«

»Sie ist erst so, seit …«

»Du weißt natürlich genau, warum sie so ist«, schnappte Rainald.

Johannes' Gesicht verzog sich zu einer Grimasse, als hätte ihn jemand geschlagen. Rainald hätte sich am liebsten selbst geschlagen. Die Wut in ihm kochte so unbändig hoch, dass seine Fäuste juckten. Immer wenn er das völlig verzweifelte Gesicht seines Sohnes nach einer derartigen Bemerkung sah – sowie in jeder Sekunde, in der er von seinen Kindern getrennt war, und sei es nur durch eine Tür – richtete sich sein Zorn gegen ihn selbst, brüllte er sich in Gedanken an, dass er ein Monstrum war, dass das, was ihm geschehen war, Gottes Vergeltung war für sein Verhalten. Dann erinnerte er sich, dass die Vergeltung zuerst gekommen war und dann erst Rainalds Verwandlung in etwas, das er am liebsten aus seinem eigenen Saal geprügelt hätte. Und dann stand er seinen Kindern wieder gegenüber, Johannes sagte irgendetwas in seiner nüchternen Art, und die Wut drehte sich wie eine Wetterfahne und richtete sich auf den Jungen aus.

»Wo hast du deine Pferde?«, fragte die Klosterschwester.

»Caesar ist jetzt bei …«, begann Blanka.

»Weg«, unterbrach Rainald.

»Ein Ritter, der seine Pferde verliert?«

Rainald hätte geschworen, dass ein leichtes Lächeln über ihr Gesicht gehuscht war, doch in Wahrheit war es unbeweglich geblieben. Er starrte sie an. Vor diesem Blick hatten Turniergegner die Augen gesenkt. Die Schwester blinzelte nicht einmal. Auch Sophia hatte er nicht zum

Blinzeln gebracht, wenn er sie niederzustarren versucht hatte.

Ein langgezogener Missklang stieg plötzlich an und schnitt durch die Stille. Blanka wimmerte. Die Blicke der Klosterschwester ließen Rainalds Augen nicht los. Der Missklang verstummte zögernd, das Heulen einer verlorenen Seele. Einen Herzschlag später kam aus einer anderen Richtung die Antwort.

»Wölfe?«, fragte die Schwester. Sie schien bleicher geworden zu sein. Rainald nickte.

»Wir sollten den Wald verlassen, bevor sie auf uns aufmerksam werden.«

Rainald schüttelte langsam den Kopf.

»Warum nicht?«

»Weil wir bereits gejagt werden.«

* * *

»Das Rudel ist riesig«, sagte Rainald. »Und ich bin sicher, dass ich nicht die Hälfte davon gesehen habe. Das Leittier habe ich gesehen.« Er schwieg. Unwillkürlich blickte er sich zu den Kindern um. Sie standen einige Schritte abseits. Johannes knetete Schneebälle und gab sie Blanka, die sie auf einen Haufen schichtete wie Wertgegenstände. In Rainalds Erinnerung ertönte Blankas glückliches Kichern, wann immer Johannes sich Zeit genommen hatte, mit ihr zu spielen. Es schien, dass die Erinnerung einen sehr weiten Weg durch die Zeit zurückzulegen hatte. Das Gesicht der Kleinen war starr. »Es ist unnatürlich«, flüsterte er dann.

»Es gibt keine unnatürlichen Tiere.«

»Es ist unnatürlich, dass es der Anführer ist.«

»Weshalb?«

»Es ist ein Hund.«

Sie lauschten beide dem Heulen. Mittlerweile hatte sich eine dritte Stimme hinzugesellt – aus einer dritten Richtung. Die Klosterschwester deutete in die Richtung, in die der Weg führte.

»Von hier kommt kein Geheul«, sagte sie. »Sie haben uns noch nicht vollkommen umzingelt.«

»Sie haben uns vollkommen umzingelt«, versetzte Rainald. »Das da ist nur die Richtung, in die sie uns treiben wollen.«

Sie wandte den Blick vom Weg ab und musterte ihn erneut. »Du wirst uns alle in Sicherheit bringen«, sagte sie. »Gott hat dich nicht umsonst an diesen Platz gestellt.«

»Ein Hund, Schwester«, sagte Rainald. »Wölfe verachten Hunde. Habt Ihr eine Ahnung, Schwester, was ein Hund sein muss, damit ein Wolfsrudel ihn aufnimmt, geschweige denn zum Leitwolf wählt? Er muss ein Mörder sein, ein absolut wahnsinnig gewordener, blutdürstiger Mörder. Entweder ist er seinem Herrn davongelaufen, oder sein Herr ist umgekommen und hat ihn allein zurückgelassen. Auf jeden Fall ist er zu einer reißenden Bestie geworden.«

»Der Hund hat sich sein Schicksal vielleicht nicht ausgesucht.«

Rainald, der plötzlich das Gefühl hatte, dass das Gespräch in eine ungewollte Richtung lief, biss die Zähne zusammen. »Wenn ich ihn vor meinen Bogen bekomme, töte ich ihn«, sagte er. »Selbst wenn er auf dem Bauch liegt und um Gnade bettelt.«

»Du hast nur ein Schwert.«

»Der Bogen und die meisten Vorräte waren auf dem Packpferd. Es waren drei Wölfe; sie kamen lautlos zwischen den Bäumen hervor und stürzten sich auf uns. Caesar stieg hoch, und ich hatte alle Hände voll zu tun, ihn unter Kontrolle zu bekommen und dafür zu sorgen, dass die Kinder nicht herunterfielen. Das Packpferd riss sich los und rannte davon, und plötzlich wimmelte alles von Wölfen, die ihm nachsetzten. Ich habe es nicht mehr wieder gesehen. Ich gab Caesar die Sporen, aber er weigerte sich, in den Wald hineinzurennen. Das Letzte, das ich sah, war dieser große, struppige Schäferhund, der hinter den anderen hertrottete wie ein König, der seinen Soldaten auf das Schlachtfeld folgt, und mir über die Schulter einen Blick zuwarf, der mir das Herz erstarren ließ.« Rainald schloss den Mund, als ihm klarwurde, dass er mehr zugegeben hatte, als ihm lieb war.

»Du musst die Kinder in die Stadt bringen«, sagte die Schwester. »Dein Sohn hat recht. In ein paar Stunden ist es dunkel. Wo immer die Burg deines Freundes liegt – wenn du sie nicht vor Anbruch der Dunkelheit erreichen kannst, ist sie als Ziel wertlos. Außerdem musst du in die Stadt, um über die Brücke zu kommen.«

»Ihr seid nicht aus der Gegend, Schwester, stimmt's?«

»Hätte ich mich sonst im Wald verirrt?«

»Es gibt eine Fähre, eine kurze Strecke flussabwärts von der Stadt«, erklärte er.

»Im Winter wird der Fährmann keinen übersetzen.«

»Mich schon.« Der Fährmann hatte Rainald damals geholfen, als die Söldner ihn verfolgt hatten – bevor das Gewitter losgebrochen war. Er hatte ihn in seiner Hütte versteckt und die Soldaten auf den falschen Weg geschickt. Dass sie Rainald danach wieder eingeholt hatten, war Rainalds Pech gewesen, nicht die Schuld des Fährmanns. Der Fährmann hatte keine große Erklärung abgeliefert, warum er sich auf Rainalds Seite gestellt hatte, nur den knurrigen Satz, dass Rainald für ihn nach wie vor der Herr von Mandach war, egal, was seither geschehen sein mochte.

»Weil heute Christi Geburt ist?«, fragte die Schwester.

»Genau«, erwiderte Rainald. »Weil heute Christi Geburt ist.« Er deutete auf das Bündel. »Wir müssen weiter.«

»Selbstverständlich.« Die Schwester stand auf. Ihr Gesicht war mittlerweile nicht mehr so bleich wie am Anfang, und die Lippen schienen wieder von Blut durchströmt zu werden. »Kann ich dir etwas abnehmen?«

»Ich denke, Ihr wolltet in der Kapelle bleiben?«

»Keinesfalls«, antwortete die Schwester.

»Mit uns könnt Ihr nicht kommen!«

»Weshalb nicht?«

»Ich habe schon reichlich am Hals mit den Kindern.«

»Du wirst uns alle retten«, sagte die Schwester. »Das ist deine Aufgabe, die Gott dir gegeben hat.«

»Gott hat sich schon genug in mein Leben eingemischt, es ist besser für ihn, wenn er sich raushält«, knurrte Rainald, bevor er seine Zunge im Zaum halten konnte.

»Gott hält sich nicht raus«, sagte die Schwester. »Du

weißt doch, wie es ist. Du bist doch auch ein Vater.« Sie zerrte an dem Bündel, ohne es aus dem Schnee heben zu können. »Du meine Güte«, keuchte sie.

»Gebt mir die Sachen, verdammt noch mal!«

»Mit Vergnügen. Ist das da drin alles nötig, um am Ziel anzukommen?«

»Ja«, sagte Rainald störrisch.

»Darf ich mitkommen?«

»Ja, in Dreiteufelsnamen!«

»Danke. Ich bin Schwester Venia.«

Rainald konnte sich nicht dazu durchringen, ihr die Hand zu geben. Er nickte ihr nur knapp zu.

»Ich bin Rainald von Mandach. Das da sind Johannes und Blanka.« Die Kinder sahen auf, als sie ihre Namen hörten.

»Ich komme mit euch, Kinder. Euer Vater war so freundlich, mich dazu aufzufordern.«

Rainald verdrehte die Augen.

»Herzlich willkommen«, sagte Johannes mit unpassender Förmlichkeit.

»Passt Gott jetzt auf uns auf, weil du dabei bist?«, fragte Blanka.

»Gott passt immer auf alle Menschen auf, besonders auf solche wie dich«, sagte Schwester Venia und lächelte.

Blanka lächelte unsicher zurück. »Warum auf mich?«

»Weil du ein Kind bist. Jedes Kinderlächeln bringt die Harfen im Himmel zum Erklingen, hast du das nicht gewusst? Und Gott liebt diesen Klang.«

»Der Weg führt uns fast bis zur Fähre«, sagte Rainald. »Schluss mit dem Geschwätz. Los geht's!«

»Gut, dass das genau der Weg ist, auf dem unsere Begleiter uns haben wollen«, sagte Schwester Venia halblaut.

Rainald warf den Kindern einen weiteren Blick zu, aber sie schienen den Worten keine größere Bedeutung beizumessen.

»Sie wollen uns auf dem freien Feld zwischen dem Wald und dem Fluss stellen«, brummte er. »Aber dazu wird es nicht kommen. Bis sie uns erreicht haben, sind wir auf der Fähre. Das ist das einzig Gute an dem Wolfspack – dass es sich zu sehr vor allem fürchtet, was wir Menschen gemacht haben.«

»Und wenn sie noch im Wald über uns herfallen?«

Rainald schulterte das Bündel und stapfte an Schwester Venia vorbei. »Das passiert nicht, wenn Gott auf uns aufpasst. Und dafür seid Ihr ja jetzt dabei, oder nicht?«

# *Der Jahrhundertwinter*

Teil 2

**P**aul Baermann kauerte sich neben den Heizer und den Bremser des Zugs nieder und betrachtete das bleiche Gesicht des bewusstlosen Zugführers. »Wie geht's ihm?«, fragte er.

Die beiden Eisenbahner zuckten mit den Schultern. Der Heizer war selbst verletzt – eine verkrustete Schramme zog sich über seine Stirn. Der Bremser war ohne Verletzung davongekommen. Am schlimmsten hatte es den Zugführer erwischt. Er schien mit dem Kopf gegen den Rahmen des Führerstands geprallt zu sein, als die Lok aus den Gleisen sprang, und war seitdem besinnungslos. Sein Atem ging schnell und flach.

»Halten Sie ihn warm«, sagte Paul.

»Wir tun, was wir können …« Der Heizer seufzte und blickte bedeutungsvoll zu dem kleinen Kanonenofen und dem immer weniger werdenden Holzvorrat neben ihm.

Paul schüttelte den Kopf. Was für eine vermaledeite Lage!

Er hatte gedöst, als das Unglück geschah – so wie die meisten der zwei Dutzend Reisenden, die in den beiden

Waggons gesessen hatten. Länger war der Zug nicht, der am Morgen des Heiligen Abends von Berlin aus aufgebrochen war und planmäßig am frühen Nachmittag Magdeburg hätte erreichen sollen: zwei Waggons, der Tender und die Lok, eine BEUTH von der Firma Borsig. Paul hatte dem Halt auf dem Bahnhof Genthin und dem Wiedersehen mit Louise und Alvin entgegengefiebert. Dann hatte es plötzlich einen Ruck gegeben, der ihn von seiner Sitzbank warf; der Waggon hatte gebockt und geschlingert wie ein Boot in heftigem Wasser, es hatte gekracht, gepfiffen und gezischt, die anderen Passagiere hatten geschrien, der Kanonenofen war umgekippt, durch den Mittelgang gerollt und hatte dabei Funken und brennende Holzscheite verteilt, ein paar Fenster waren geborsten, und es hatte Glasscherben geregnet ... Dann war Ruhe eingetreten und die schockierte Stille einer Gruppe von Menschen, die eben Opfer eines Unglücks geworden ist, bis dann wieder alles durcheinanderschrie. Paul hatte sich aufgerappelt, die glühenden Funken aus dem Öfchen ausgetreten und die brennenden Holzscheite durch die offen schwingende Waggontür nach draußen gekickt – eine etwas übereilte Vorsichtsmaßnahme, wie er jetzt fand, weil sie jedes Holzscheit dringend brauchten, um die Kälte fernzuhalten.

Paul war im ersten Waggon gewesen. Die entgleisende Lok hatte den Tender mit vom Gleis heruntergezogen, aber die Kupplung zwischen dem Tender und dem ersten Waggon hatte sich glücklicherweise gelöst, so dass nur die Vorderachse aus dem Gleis gesprungen und neben den Schienen über den Schotter geholpert war, bis die Waggons zum Stehen kamen. Dem zweiten Waggon war überhaupt nichts geschehen, er stand brav an den ersten Wagen angekuppelt auf dem Gleis.

Die Lok lag neben den Gleisen, am Ende der Furche, die sie und der Tender beim Entgleisen durch den Schnee und das gefrorene Erdreich gegraben hatten. Sie lag auf der Seite. Das Feuer unter dem Kessel war erloschen und würde in dieser Lage auch nicht mehr entfacht werden können. Die Kohlen im Tender waren herausgeschleudert worden. Es war den Reisenden nur gelungen, eine Handvoll davon zu bergen. Der Ofen im ersten Waggon war nicht mehr zu gebrauchen. Der im zweiten funktionierte noch, deshalb waren sie jetzt alle dort – die Eisenbahner mit ihrem bewusstlosen Zugführer und die Reisenden, die wie durch ein Wunder alle unverletzt geblieben waren. Durch die geborstenen Fensterscheiben wirbelte der Schnee herein und sammelte sich auf den unbenutzten Sitzbänken und im Mittelgang. Der Kanonenofen kämpfte vergeblich gegen die eindringende Kälte. Man brauchte nur zwei Schritte von ihm zurückzutreten, schon spürte man die Wärme, die er verstrahlte, nicht mehr. Paul hatte eiskalte Hände und Füße. Wie die anderen Männer hatte er die wenigen Plätze um den Ofen herum den Frauen und Kindern im Zug überlassen.

Ein paar Kinder weinten. Paul konnte es ihnen nicht verdenken. Mittlerweile war der trotzige Mut vergangen, mit dem die Reisenden dem Unglück anfangs begegnet waren. Man hatte das Preußenlied gesungen, dann ein paar Weihnachtslieder, schließlich waren die Stimmen immer leiser geworden. Seit dem Unglück mochten mittlerweile zwei Stunden vergangen sein, und niemand hatte sich blicken lassen. Den Reisenden war klargeworden, dass ihre Lage ernst war. Zwischen den einzelnen Bahnhöfen lagen nur kurze Streckenabschnitte – dreißig Kilometer zwischen Brandenburg, dem letzten Bahnhof, an den Paul sich erinnern konnte, und Genthin, der vor ihnen lag. Aber dreißig Kilometer waren bei dem Schneesturm, der draußen tobte, eine fast unüberwindbare Strecke. Außerdem war ihnen allen völlig unklar, wo genau zwischen Brandenburg und Genthin der Zug verunglückt war. Der Zugführer, der es als Einziger wusste, war nicht ansprechbar. Der Heizer und der Bremser waren neu auf dieser erst im Herbst ins Leben gerufenen Strecke. Und von den Reisenden hatte niemand aufgepasst. Allein von der Zeit, die zwischen dem Aufbruch in Brandenburg und dem Unglück vergangen war, schloss Paul, dass sie ziemlich genau in der Mitte zwischen Brandenburg und Genthin waren. Doch der Zug war nur langsam vorangekommen. Vielleicht waren sie noch relativ nahe an Brandenburg? Niemand wusste es. Dabei wäre es lebenswichtig gewesen zu wissen, welcher Bahnhof näher lag. Denn eines war Paul klar: Hier konnten sie nicht bleiben.

Major Ernst von Klatten, ein grauhaariger Infanterieoffizier, der ebenfalls mit dem Zug gereist war und der neben Paul am meisten Ruhe und Überblick bewahrt hatte, stand draußen auf dem Gleis und starrte ins wirbelnde Nichts. Paul kletterte aus dem Wagen und gesellte sich zu ihm. Der Schnee türmte sich an der windzugewandten Seite der Waggons bereits kniehoch. Paul erkannte mit Sorge, dass die Schienen nicht mehr zu erkennen waren. Die Strecke war nur noch durch den erhöhten Bahndamm von der Umgebung zu unterscheiden. Es war früher Nachmittag, aber es war so düster wie kurz vor Einbruch der Dämmerung. Der Wind verbiss sich in Paul. Er zog die Schultern hoch und versuchte, in seinem Mantel etwas Wärme zu finden.

»Wir sollten nicht mehr warten«, sagte er.

»Pflichte Ihnen bei«, erwiderte von Klatten.

»So wie ich das sehe, wird man in Brandenburg annehmen, dass wir sicher nach Genthin gekommen sind. Und in Genthin wird man sich eine ganze Weile keine Sorgen machen, weil man erwartet, dass der Zug seinen Fahrplan wegen des schlechten Wetters nur mit Verspätung bewältigt. Verständigen kann man sich zwischen den beiden Bahnhöfen nicht, weil wegen des Schneetreibens der optische Telegraf nicht funktioniert.«

»Sind gestrandet, mit anderen Worten.« Major von Klatten strich sich über seinen Schnauzbart. »Mitten in der Zivilisation gestrandet. Hat man nun von der modernen Technik. Wäre nicht passiert mit der Postkutsche, kann ich Ihnen versichern!«

»Stimmt, da säßen wir immer noch in Berlin fest«, sagte Paul.

Von Klatten musterte ihn skeptisch. Dann zuckte der Offizier mit den Schultern. »Pflichte Ihnen auch da bei. Leider.«

»Was werden die Beamten in Genthin tun, denken Sie?«

»Wenn ihnen klarwird, dass wir zu lange überfällig

sind? Jemanden losschicken, das Gleis entlang, um uns zu suchen.«

»Wie weit wird der kommen?«

»Bei dem Wetter? Und als Zivilist?« Der Major strich wieder über seinen Bart. »Nicht weit.«

»Den anderen wird das nicht gefallen.«

»Was wir ihnen vorschlagen wollen? Muss ihnen nicht gefallen. Reicht, wenn sie es tun.«

»Herr Major, das sind Zivilisten«, sagte Paul mit schiefem Lächeln. »Die muss man überzeugen, nicht nur ihnen etwas befehlen.«

»Ist das Problem mit den Zivilisten …« Der Major seufzte. »Drum braucht es auch das Militär, um Probleme zu lösen.«

»Werden Sie mir helfen?«

»Glauben Sie, die hören nicht auf Sie? Weil Sie aus – woher kommen Sie gleich wieder?«

»München«, sagte Paul. »Und ich glaube nicht, dass die Leute mit meiner Nationalität Schwierigkeiten haben, sondern mit dem, was wir ihnen empfehlen werden.«

»Keine Sorge, Herr Ingenieur«, schnarrte von Klatten und schlug die Hacken zusammen. Der Schnee dämpfte das Knallen der Stiefelabsätze bis zur Unhörbarkeit. »Stehe in Treue fest an Ihrer Seite.«

»Dann lassen Sie uns mal die Überbringer der schlechten Nachricht sein.«

Wie zu erwarten, gab es Widerstand. Einige der Reisenden verstanden Pauls und von Klattens Argumente, aber die anderen waren geradezu empört.

»Das ist Unsinn«, erklärte der selbsternannte Sprecher der Empörungsfraktion. »Jeden Moment werden Rettungsmannschaften eintreffen. Wer den Zug verlässt, rennt in sein Unglück. Und die Frauen und Kinder müssen auf jeden Fall hierbleiben.«

»Das hab ich doch gesagt«, erklärte Paul geduldig. »Genau wegen der Frauen und Kinder müssen ein paar Männer aufbrechen. Und wegen des verletzten Zugführers. In spätestens zwei Stunden ist das letzte Holz verbrannt. Wir können vielleicht noch ein paar Kohlen vom Bahndamm kratzen, aber dann ist Schluss. Und dann wird es hier drin bitter-, bitterkalt. Wir können nicht warten, bis jemandem in Genthin aufgeht, dass wir in einer Notlage sind, und bis dann von dort aus eine Gruppe aufbricht, um den entgleisten Zug zu suchen. Wir müssen aufbrechen und die Bahnbehörden über die Lage informieren.«

»Sie wissen doch gar nicht, in welche Richtung Sie aufbrechen müssen. Welcher Bahnhof näher ist – Genthin oder Brandenburg!«

»Deshalb sollen es auch zwei Gruppen sein!«, schnappte der Major. »Haben wohl vorhin nicht aufgepasst, Herr Gefrei … Herr.«

Jemand aus der Fraktion derer, die auf Pauls Seite waren, gab zu bedenken: »Aber die Gruppe, die den weiteren Weg zurückzulegen hat, gerät in große Gefahr, nicht wahr?«

Paul nickte. »Lässt sich leider nicht ändern.«

»Ha!«, stieß der Sprecher der Empörtenfraktion hervor. »Was glauben Sie, wer sich für diese Gruppe freiwillig melden wird? Ihr Plan ist zum Scheitern verurteilt.«

»Dann ist es ja gut, dass niemand vorher weiß, welche Gruppe geopfert werden muss«, erklärte der Major feindselig.

»Niemand muss sich opfern!«, rief Paul über das entsetzte Gemurmel. »Eine Gruppe hat nur einen weiteren Weg und mehr Strapazen, das ist alles!«

»Sie werden sicher bei der Gruppe mit dem kürzeren Weg sein, oder?«, höhnte der Empörte. »Kennt man ja, so was. Die Generäle schicken immer die armen Schweine in die Schlacht und schauen ihnen von weitem beim Sterben zu.«

»Was wollen Sie damit sagen?«, stieß der Major hervor. »Hüten Sie Ihre Zunge, Mann, sonst ...«

»Was sonst? Erschießen Sie mich am Bahndamm? Ich bin keiner Ihrer verdammten Soldaten.«

»Zivilisten«, murmelte von Klatten erbittert.

»Also gut!«, rief Paul. »Niemand wird gezwungen, sich zu beteiligen. Zur Not gehen der Major und ich allein los.«

»Das wäre Wahnsinn«, sagte der Mann, der auf Pauls Seite stand. »Allein gehen Sie in den Tod.«

»Reisende soll man nicht aufhalten«, knurrte der Sprecher der Empörten.

Am Ende fanden sich sieben Männer bereit, Pauls und von Klattens Vorschlag zu folgen. Damit blieben zu Pauls Erstaunen nur drei Männer übrig, die sich verweigerten: der harte Kern der Empörtenfraktion. Bezeichnenderweise waren alle drei Alleinreisende. Die anderen hatten ihre Frauen oder Familien dabei und hofften, mit ihrer Teilnahme an der Expedition zu ihrer Rettung beizutragen. Noch größer war Pauls Erstaunen über die Tatsache, dass der Mann, der sich zum Sprecher der Empörten gemacht hatte, nicht zu den Zurückbleibenden gehörte. Er verabschiedete sich sehr förmlich von einer Frau, strich einem kleinen Jungen über den Kopf und blickte Paul dann herausfordernd an.

Am Bahndamm verabschiedeten sie sich voneinander. Von Klatten führte vier Männer die Gleise zurück nach Brandenburg. Paul nahm drei Männer und ging mit ihnen Richtung Genthin. Der ehemalige Sprecher der Empörten war in seiner Gruppe.

Die meisten hatten das Gefühl, dass Brandenburg näher war als Genthin. Paul hatte sich bewusst für die wahrscheinlich längere Route entschieden und deshalb die kleinere Gruppe gewählt. Abgesehen davon war er sich nicht sicher, welchem Bahnhof sie näher waren. Sein Instinkt sagte ihm, dass es Genthin war, aber er wusste nicht, ob er sich darauf verlassen konnte, und er wollte lieber seine eigene Gesundheit dieser Ahnung wegen riskieren als die von Klattens und der Mehrheit der Reisenden.

Der Wind kam von der Seite und peitschte sie, aber es wurde ein bisschen leichter, als sie vom Bahndamm hinunterstiegen und auf dessen windabgewandter Seite weiterzogen. Der Schnee reichte ihnen an manchen Stellen bis an die Knie. Auf der anderen Seite des Damms wäre er ihnen wahrscheinlich bis zur Hüfte gegangen. Paul dachte an Briest, an seine Freunde, an ein knisterndes Herdfeuer und vor allem daran, Louise wiederzusehen. Er zog den Kopf zwischen die Schultern und machte sich so klein wie möglich gegen den Wind und stapfte seiner kleinen

Gruppe voran mit der Unermüdlichkeit einer der von ihm so heiß geliebten Dampflokomotiven.

Die Stimmung in Alvins und Bismarcks Rettungskommando hatte sich aufgehellt, als die erste Schnapsflasche herumgegangen war. Doch mittlerweile waren die Knechte wieder so unruhig und brummig wie zuvor.

Es lag nicht zuletzt am Wetter. Der Sturm hatte sich noch verstärkt und peitschte Schnee und Eiskristalle fast waagrecht vor sich her. Zu Hause auf Briest war der Tanz der Schneeflocken lautlos gewesen. Hier im Freien hatte sich das geändert. Man konnte den Wind heulen und fauchen hören. Das Schlimme war, dass sie sich direkt in das Unwetter hineinbewegten. Der Wind kam aus Osten. Alvin hatte das Gefühl, dass seine Wimpern zusammenfroren, wenn er die Augen lange genug vor dem Wind schloss. Die Vorderseite seines Mantels war weiß von Schnee und Reif. Bismarck neben ihm hatte den Kopf gesenkt und seine schwere Pelzmütze so weit ins Gesicht gezogen, wie es nur ging. Sein Schnauzbart war mit Eis überzogen und gefroren.

Die Pferde waren kaum zu mehr zu bewegen als zu einfacher Gangart. Sie schüttelten die Köpfe, schnaubten und wieherten. In den Mähnen hing Schnee, von ihren Mäulern lange weiße Eisbärte. Die Knechte auf den Schlitten hatten es noch am besten, sie konnten sich zusammenkauern und die Decken über sich ziehen. Aber sie waren unzufrieden.

Alvin ahnte, dass es noch einen weiteren Grund gab, der die Knechte rastlos machte – neben dem offensichtlichen, dass sie am Heiligabend lieber in der Knechtsstube geblieben und sich auf das Fest gefreut hätten. Was es war, konnte er sich jedoch nicht denken. Er kannte die Männer gut genug, um zu wissen, dass er sie nicht dazu bringen würde zu reden. Entweder sie teilten sich aus eigenem Entschluss mit, oder sie schwiegen.

Bismarck murmelte etwas, als der Wind mit ein paar besonders heftigen Stößen auf sie einhieb. Alvins Pferd scheute. Das Heulen des Winds bekam einen schrillen Unterton. Als er wieder verstummte und das übliche Pfeifen hörbar wurde, fing Alvin den Blick eines der Knechte auf. Der Mann sah ihn unverwandt an.

Alvin lenkte sein Pferd näher an den Schlitten heran.

»Hamse dit jehört, Herr Hauptmann?«, fragte der Knecht. »Dit war'n die Geister der Kinder.«

»Die was?«, fragte Alvin fassungslos.

»Manchmal hört man die armen Seelen im Wind weinen«, sagte der Knecht. »Dit is immer, wenn wieder wer jeholt wird. Vom Pfadfinder.«

Alvin starrte den Mann mit offenem Mund an. Er hatte das Gefühl, dass sich in seinem Magen ein Knoten bildete. Wenn er nicht ohnehin so gefroren hätte, wäre ihm eine Gänsehaut über den Rücken gelaufen.

»Kennse die Jeschichte vom Pfadfinder nich, Herr Hauptmann?«

»Nie gehört«, erwiderte Alvin hastiger, als er wollte.

»Die wird nich gern erzählt, Herr Hauptmann«, brummte ein anderer Knecht. Es klang wie eine Warnung an seinen Kameraden.

Alvin dachte nur einen Moment lang nach, dann holte

er die zweite Schnapsflasche aus der Satteltasche. Er warf sie dem Mann zu, der das Gespräch gesucht hatte. »Hier, Willem, lasst sie rumgehen«, sagte er.

Die Knechte tranken ihm zu. Er nickte zur Antwort. Der Knecht namens Willem wollte die Flasche zurückgeben. »Nu ma keene falsche Bescheidenheit«, sagte Alvin und benutzte bewusst das schwere Brandenburgisch der Männer, das zu sprechen im Adelsstand eigentlich verpönt war. »Is kalt jenuch fürn weitern Schluck.«

Die Männer zögerten nicht lange. Die Flasche kreiste ein zweites Mal.

»Un Sie kenn die Jeschichte echt nich, Herr Hauptmann?«, fragte Willem.

»Nein.«

Diesmal hinderte ihn niemand daran zu reden. Im Gegenteil, die Knechte rückten näher zusammen – die unwillkürliche Faszination einer Erzählung, selbst wenn man sie schon hundertmal gehört hatte. Alvin fiel ein, dass es alter Brauch war, an Heiligabend Geschichten zu erzählen; je grusliger, desto besser in manchen Haushalten. Er sah sich nach Otto von Bismarck um, damit er ihn heranwinken und dieser zuhören konnte, doch Bismarck war ein gutes Dutzend Schritte entfernt und schien der Umgebung keine Aufmerksamkeit entgegenzubringen. Alvin ließ ihn, wo er war.

»Ick quassel so breit«, sagte Willem verlegen. »Ick kann nich anders. Jehört sich aba nich, wemma mit die Herrschaft redet. Hier, Julius soll erzählen, der quatscht schöner als icke.«

Julius war ein jüngerer Mann, der nervös wirkte, als

Alvin ihn ansah. »Das ist nämlich so, Herr Hauptmann …«, begann er. »Als Preußen noch von die Franzmänner besetzt war – nix gegen die Frau Hauptmann, Gott bewahre, Herr Hauptmann, das war während Bonnaparte, nich wahr, da waren die Franzmänner noch nich unsere Freunde! –, also jedenfalls war da ne Gruppe Frauen von Franzmannoffizieren von Berlin aus unterwegs zu ihre Männer inner Kaserne in Magdeburg. Frauen und Franzmannkinder, n ganzer Haufen, Herr Hauptmann, hundert Stück oder so.«

Alvin nickte. Vor der Erfindung der Eisenbahn war es geraten gewesen, in großen Gruppen zu reisen.

»Die wollten alle Weihnachten zu ihre Männer in die Kaserne, nich wahr? Und weil sie sich nicht auskannten, weil sie ja Franzmänner waren und keine Leute von hier, nahmen sie sich ab Brandenburg nen Führer. Die ganze Gegend war verschneit, und ein Sturm war los, so wie heute, weswegen man keiner Straße mehr folgen konnte. Der Führer musste erst nen Weg bahnen.«

»Wie ein Pfadfinder«, sagte Alvin.

»Er nahm natürlich die kürzeste Strecke, also querfeldein. Die Franzmannfrauen wussten überhaupt nicht mehr, wo sie waren, aber das war ja egal, solange der Pfadfinder sie nur bis zum Einbruch der Nacht irgendwohin brachte, wo es warm war und sie übernachten konnten. Der Pfadfinder jedoch führte sie stundenlang im Kreis herum.«

Alvin kniff die Augen zusammen. Der Knoten in seinem Magen schien sich noch mehr zu verhärten. Er hatte eine böse Ahnung, wie die Geschichte ausging, und er musste daran denken, dass sie vermutlich keine Erfindung, sondern wirklich passiert war – und dass das noch keine vierzig Jahre her war.

»Weil nämlich«, fuhr Julius fort, »die Franzmannfrauen ja der Feind waren und weil die Leute in Brandenburg, wo der Pfadfinder herstammte, ihm gesagt hatten, dass er dafür sorgen solle, dass die Frauen und Kinder nie ihr Ziel erreichten. Die Franzmannsoldaten hatten unsere Frauen und Kinder umgebracht während des Kriegs, da konnte man jetzt mal Vergeltung üben, nich wahr? Der Pfadfinder wollte das aber nich tun. Wer sich nem Pfadfinder anvertraut, sagte er, der muss auch drauf vertrauen können, dass der Pfadfinder ihn nich in die Irre führt und dass es die heilige Pflicht von nem Pfadfinder ist, seine Gruppe ans Ziel zu bringen. Aber die anderen sagten, dass es sonne Pflicht nich gibt gegenüber dem Feind, auch wenn der Feind diesmal lauter Weiber und Gören sind, und dass der Pfadfinder gar nich erst dran denken soll, wieder nach Hause zu kommen, wenn er die Gruppe rettet.«

»Lieber Gott«, sagte Alvin.

»Das war nich schön, Herr Hauptmann«, bestätigte Julius, »aber was will man machen? Der Pfadfinder führte die Gruppe im Kreis rum, bis es Nacht wurde, dann schlich er sich davon und überließ sie ihrem Schicksal. In der Nacht erfroren sie alle, die Franzmannfrauen und die Kinder. Und deshalb erzählt man, dass man die Seelen der Kinder im Wind weinen hört, wenn es so stürmt wie heute.«

»Dit erzählt man nich nur, dit is so!«, sagte Willem mit Nachdruck.

»Und wieso heißt es, dass der Pfadfinder in so einem Sturm eine Seele holt?«, fragte Alvin.

»Ach ja …« Julius seufzte. »Der Pfadfinder …«

Vor dem Kaminfeuer im Salon von Gut Briest nahm Moritz die Figur des Esels und stellte sie zurück in den Stall, an die Seite des Ochsen.

»Mach's gut, Caesar«, sagte er, genauso wie Blanka in der Geschichte.

Louise räusperte sich. »Soll ich weitererzählen?«

»Ja!«, erwiderten das Hausmädchen und Moritz wie aus einem Mund.

## *Der Hirte*

Teil 2

Die Erinnerung an bessere Zeiten kam immer dann hoch, wenn Rainald ihr am schutzlosesten ausgeliefert war. Er sah sein jüngeres Selbst, wie es seinen Sohn Johannes sanft auf die Wiege zuschob. »Keine Sorge, sie beißt dich nur, wenn du versuchst, ihr die Brust zu geben«, sagte er.

»Herr von Mandach!«, erklang Sophias empörte Stimme vom Bett her.

Rainald fühlte sich fast betrunken vor Freude und Erleichterung. Eine Weile hatte es so ausgesehen, als würde die Geburt schiefgehen; dann hatte Sophias Leben ein paar Tage auf Messers Schneide gestanden. Rainalds Frau war immer noch blass und schwach, aber es war gesichert, dass sie überleben würde. Die Wiege schaukelte, und ihr Inhalt gluckste und krähte im Schlaf.

»Schau rein, Sohn«, sagte Rainald leise. »Das ist deine kleine Schwester. Blanka von Mandach, ich stelle dir deinen großen Bruder vor.«

»... hässlich«, befand Johannes nach einer Weile.

»Das ist doch die Höhe. Einer schlimmer als der andere. Raus mit euch, ihr Klötze!«, sagte Sophia, doch Rainald hörte das Lachen in ihrer Stimme.

»Das ist jetzt eine Frauenkammer«, erklärte Rainald. »Männer haben hier nichts verloren. Ziehen wir uns zurück, aber in Würde.«

Beide stolzierten hinaus. Rainald verbeugte sich vor dem Bett. Als er sich aufrichtete, tat Johannes es ihm nach. Rainald fing einen Blick seiner Frau auf. Sie warf ihm einen verstohlenen Kuss zu. Er grinste.

»Hoffentlich bleibt sie nicht so hässlich«, sagte Johannes draußen.

»Keine Sorge. Du hast auch so ausgesehen.«

»Das stimmt nicht!«

Rainald lachte. Er zog Johannes zu sich heran und drückte ihn. Der Junge schlang die Arme um ihn, so weit er konnte.

»Du hast jetzt eine Verpflichtung für dein ganzes Leben«, sagte Rainald. »Du musst ein Auge auf deine Schwester haben. Vertreib jeden, der sich ihr nähert und ihr Böses will – zwickende Gänse, schnappende Hunde, feuerspuckende Drachen und Freier ohne Vermögen. Die vor allem.«

»Was sind Freier?«

»Die schlimmste Pest, mein Sohn.« Rainald grinste.

»Großvater hat einmal gesagt, von allen Freiern musste Mama ausgerechnet den nehmen, der am wenigsten Vermögen hatte.«

»So«, machte Rainald, dessen Grinsen an Breite verlor.

»Hat Onkel Wolfram nicht genügend auf Mama aufgepasst?«

»Onkel Wolfram hat jedenfalls genügend auf Papa aufgepasst«, sagte Rainald sanft. »So gut, dass es ihn vor Iconium erwischte und nicht mich.« Er räusperte sich. »Die Frauen sind die bessere Hälfte von uns Männern. Deshalb müssen wir auf sie aufpassen. Ich passe auf eure Mutter auf, und du auf deine kleine Schwester. Das ist ein Befehl, hast du mich verstanden, mein kleiner Waffengefährte?«

»Jawohl, mein Hauptmann«, sagte Johannes.

Rainald zog ihn erneut zu sich heran und drückte ihn, so fest er konnte.

»Du solltest es dir wirklich überlegen«, sagte die Stimme Schwester Venias. Rainald fand mühsam in die Gegenwart zurück.

»Was?«

»Das mit der Stadt. Du bringst deine Gruppe nicht unbeschadet durch die Nacht. Such in der Stadt Unterschlupf.«

»Ihr könnt jederzeit allein zur Stadt laufen.«

»Warum sträubst du dich?«

»Ich gehe nicht in die Stadt! Und ich habe Hermann meine Zusage gegeben.«

»Er wird verstehen, wenn du einen oder zwei Tage später kommst.«

»Die Stadt ist außer Diskussion!«, zischte Rainald. »Entweder Ihr hört auf damit, oder ich vergesse, dass ich mal geschworen habe, auf Frauen und Klosterschwestern Rücksicht zu nehmen!«

»Papa«, sagte Blanka plötzlich, und ihre Stimme veranlasste alle, sich zu ihr umzudrehen.

Sie deutete zwischen die Bäume. Rainald hörte, wie Schwester Venia die Luft einsog. Johannes machte ein Geräusch in der Kehle.

»Keiner sagt ein Wort«, befahl Rainald. Ohne hinzusehen, lockerte er sein Schwert in der Scheide und zog es so langsam er konnte heraus. Seine Muskeln begannen vor Anspannung zu schmerzen, und er erkannte, dass er die Luft angehalten hatte. Vorsichtig stieß er den Atem aus und sah die Wolke vor seinem Gesicht.

»Ihr fangt jetzt alle an, rückwärts zu gehen«, sagte Rainald leise. »In aller Ruhe. Wenn ihr angefangen habt zu gehen, dann haltet nicht mehr an.«

»Papa …«, sagte Blanka mit derselben kranken Stimme wie vorhin.

»Keine Sorge, meine Kleine.«

»Aber …« Johannes' Stimme gellte.

»Leise!«, hauchte Rainald und schaffte es, so viel Wut darin unterzubringen, dass Johannes schluckte.

Die Bestie vorn zwischen den Bäumen zuckte zusammen und knurrte. Ihre Flanken zitterten. Rainald hatte das Gefühl, dass der Blick aus den gelben Augen über die ganze Distanz hinweg direkt ihn traf. Er fühlte den Hass und die Gier und versuchte, ihm seinen eigenen Hass entgegenzusetzen. Es schien ihm, dass er mit einer Kerzenflamme gegen das Sonnenlicht anzuleuchten versuchte. Von den Lefzen des Wolfs tropfte Geifer, seine Pfoten scharrten im Schnee.

»Ist das einer von denen?«, flüsterte Schwester Venia.

»Geht alle ganz langsam zurück«, wiederholte Rainald.

»Papa, was hast du vor?« Rainald zog es vor, seinem Sohn keine Antwort zu geben.

Der Wolf vollführte einen komplizierten Tanz aus Erregung, Unschlüssigkeit und Mordlust. Seine Augen zuckten. Rainald versenkte seinen Blick darin. Er sah, wie sich das Zucken verstärkte. Es mochten hundert Schritt zwischen ihnen sein, aber Rainald konnte den Wolf riechen, konnte jedes Härchen auf seiner vor Wut gekräuselten Schnauze sehen und glaubte zu hören, wie der Geifer im Schnee zischte.

»Wird's bald?«

Er fühlte, wie sie langsam zurückwichen. Der Wolf gab ein Geräusch von sich. Rainald machte einen zögernden Schritt nach vorn. Der Wolf drehte sich einmal um sich selbst, aber die Gier hielt ihn auf seinem Posten. Rainald nestelte das Tuch von seinem Gürtel, mit dem er sich vor dem Eintritt in die Kapelle vom Blut Caesars gesäubert hatte, und wedelte damit. Der Geruch, so schwach er war, schien den Wolf sofort zu erreichen; er winselte.

»Komm her, du Mistvieh«, flüsterte Rainald.

Der Wolf warf den Kopf zurück, doch statt zu heulen schnappte er nur nach seinem eigenen Schwanz. Rainald kniff die Augen zusammen. Der Wolf zog sich hinter einen Baum zurück und kam sofort wieder nach vorn. Rainald wurde klar, dass er im nächsten Augenblick entweder angreifen oder fliehen würde, und erkannte, dass er der Bestie bei ihrer Entscheidung würde helfen müssen. Er blieb stehen, fing den Blick aus den gelben Augen ein, dann sank er wie vom Schlag getroffen zu Boden. Er hörte den erschrockenen Aufschrei seiner Kinder und biss die Zähne zusammen.

Der Schnee war nass und kalt. Das blutige Tuch lag direkt vor Rainalds Gesicht, der Geruch teilte sich nun auch ihm mit.

»Rainald?« Schwester Venias Stimme klang unsicher.

Rainald drehte den Kopf ganz langsam herum. Er schrak zusammen, als er erkannte, wie nahe der Wolf schon an ihn herangekommen war. Er hatte gedacht, das Tier würde noch lange brauchen, um sich zu entscheiden, über den vermeintlich Verletzten herzufallen …

Wahrscheinlich rettete das Zusammenzucken ihm das Leben. Der Wolf, eine graubraune Gestalt, die über den Schnee flog wie ein Geschoss aus Muskeln, Sehnen und blankem Hunger, stolperte bei der plötzlichen Bewegung seiner Beute. Rainald kam in einer Explosion aus Schnee, fliegenden Fellen und geschwungener Schwertklinge in die Höhe. Er brüllte. Der Wolf sprang. Einen halben Augenblick lang waren Biest und Mann eins, dann traf die Klinge da, wo sie auch bei einem menschlichen Gegner getroffen hätte, schnitt durch Fleisch und Muskeln und Rippen, wurde Rainald aus der Hand gerissen, als der Körper des Wolfs von seinem eigenen Schwung weitergetragen wurde. Die Bestie fiel in den Schnee wie ein Knochensack, bereits ohne Leben, krümmte sich um die Klinge zusammen und lag still.

Rainald atmete ein. Er dachte das Geräusch zu hören, mit dem die Schneeflocken auf den Boden fielen. Blankas Weinen klang durch die Stille. Er musste sich anstrengen, den Blick von dem getöteten Wolf loszureißen.

Schwester Venia und die Kinder standen ein paar Dutzend Schritte entfernt. Blanka weinte mit hängendem Kopf und zuckenden Schultern. Die Klosterschwester schien zu erwachen und hob die Hand, um sie der Kleinen auf den Kopf zu legen. Rainald räusperte sich. Schwester Venia zuckte zurück.

»Er ist tot«, sagte Rainald. »Ihr könnt wieder herkommen.«

Das Schwert löste sich ganz leicht aus dem Körper. Wenn er es nur um ein Quentchen fester gehalten hätte, wäre es ihm gar nicht aus der Hand gerissen worden. Er wischte mit der Klinge durch den Schnee. Die stille Form des Wolfs strömte einen muffigen Gestank aus, das Fell sah aus wie nass gewordene Lumpen. Er konnte die Rippen zählen.

Schwester Venia trat neben ihn. Rainald merkte erst jetzt, dass er die Faust die ganze Zeit über geballt hatte. Er streckte die Finger und machte einen Schritt beiseite.

»Ist er da, wo Mama ist?«, schluchzte Blanka.

»Nein«, sagte Rainald grimmig, »er ist da, wo in der Hölle ein Platz für verdammte Wölfe reserviert ist.«

»Aber er sieht gar nicht böse aus«, sagte Blanka. »Er sieht ein bisschen aus wie Bischof.«

»Wie wer?«, fragte Schwester Venia.

Rainald warf ihr einen Seitenblick zu. »Wie Bischof. Ich hatte zwei Hunde. Einer davon hieß Bischof.« Er räusperte sich.

Die Schwester lächelte. »Wie hieß der andere? Papst?«

»Nein, König.«

»Du hast deine Zuneigung gerecht aufgeteilt. Wo sind die Hunde jetzt?«

Ein Bild blitzte in Rainalds Hirn auf. Blanka hatte recht – die Hunde hatten nicht viel anders dagelegen als der Wolf zu seinen Füßen. Rainald hatte es geschienen, dass die Pfeilschäfte in ihren zusammengekrümmten Körpern immer noch wippten.

»Tot«, sagte er.

»Er sieht gar nicht böse aus«, sagte Blanka.

»Glaubst du, dass das einer aus dem Rudel ist, das Euch angegriffen hat?«

Rainald gab dem Kadaver einen leichten Tritt. Er erinnerte sich an den Aufprall des Wolfs; er hatte ihn nicht einmal ins Wanken gebracht.

»Nein«, sagte er. »Das ist ein Einzelgänger. Seht ihn euch an – nur Haut und Knochen. Uralt. Wohin immer er gehört hat, sie haben ihn ausgestoßen, als er nicht mehr mithalten konnte. Der ist nur zufällig auf uns gestoßen.«

»Ich dachte, du hättest ihn für einen Späher gehalten und wolltest verhindern, dass er zum Rudel zurückkehrt.«

»Nein«, sagte Rainald.

»Du hast ihn sogar absichtlich angelockt. Wahrscheinlich hättest du ihn mit einem Schneeball vertreiben können.«

»Ja.«

»Warum hast du das getan?«

Rainald antwortete nicht. Er schob das Schwert zurück in die Scheide, stieg über den toten Wolf hinweg und kniete sich neben Blanka nieder.

»Du brauchst keine Angst mehr zu haben. Das Biest ist tot.«

»War er böse?«

»Ja.«

»Er sieht gar nicht böse aus«, sagte Blanka zum dritten Mal. Rainald wechselte unwillkürlich einen Blick mit Johannes und fühlte sich merkwürdig erleichtert, als der Junge mit den Schultern zuckte und ein Gesicht zog, das zu sagen schien: Hör nicht drauf. Er richtete sich auf und klopfte Blanka unbeholfen auf die Schulter.

»Du brauchst keine Angst mehr zu haben«, wiederholte er.

Die Wölfe suchten sich diesen Moment aus, um erneut zu heulen.

* * *

Der Wald endete so abrupt dort, wo das Gelände steil zum Fluss abfiel. Die gerodetet Fläche war durchsetzt mit den geduckten Formen der Baumstümpfe, die auf der windzugewandten Seite unter einer Schneehülle versteckt waren. Rainald blieb stehen und musterte den Abhang, den schmalen Streifen flachen Ufers, das mit einem schmalen Eissaum in das breite schwarze Band des Flusses auszugreifen begann ... die grauen, braunen und mattgrünen Farben des Waldes behaupteten sich überall dort, wo keine Rodungen vorgenommen worden waren, griffen an den schneebedeckten, baumlosen Flächen links und rechts vorbei und schoben sich bis an den Fluss vor. Am jenseitigen Ufer war die geräumte Fläche noch enger, lag wie ein zerrissenes Tuch um den einen mächtigen Baum herum, der stehengelassen worden war und um den sich das Ankerseil der Fähre wickelte. Das Gierseil hing im Fluss und wippte in der Strömung, furchte eine Querrille aus Spritzern hinein. Die Straße von und zur Stadt wand sich auf dieser Seite heran, die Schneedecke darauf war unberührt. Die Wölfe hatten schon vor einiger Zeit zu heulen aufgehört. Das Schweigen rauschte in Rainalds Ohren. Die halbverwehten Baumstümpfe sahen aus wie kauernde Tiere, bereit, jederzeit aufzuspringen. Rainald ertappte sich dabei, wie er versuchte, Löcher in den Schnee zu starren.

»Wo ist die Fähre?«, keuchte Schwester Venia neben ihm.

»Hinter der Hütte. Man sieht sie nicht von hier aus.«

Damals hatte er sie auch nicht gleich gesehen, als er vor den Soldaten geflohen war. Es war Spätsommer gewesen, der Fluss tiefblau, der Wald auf der anderen Seite staubig grün, der Schmerz und die Wut in Rainalds Herz noch immer so wach, als wären nicht bereits sechs Monate vergangen gewesen, seit sein Leben zertreten worden war, hinter ihm die Rufe und das Wiehern der Verfolger. Er hatte das Schwert gezogen und war hinuntergesprengt, um sich in der Hütte zu verbarrikadieren und dort sein letztes Gefecht zu führen – dann hatte er erkannt, dass hinter der Hütte eine Fähre im Fluss hing und dass er eine Chance zu entkommen hatte, wenn der Fährmann ihm half.

»Wir sind in Sicherheit«, sagte er und brachte ein Grinsen zustande. Blanka hielt sich an Johannes' Hand fest und sah ihn erschöpft an. »Gehen wir.«

Er war bereits zwischen den Baumstümpfen, als er merkte, dass die anderen nicht nachkamen.

»Hier stimmt was nicht«, sagte Johannes.

Rainald biss die Zähne zusammen. »So?«, sagte er.

»Leute, die so einsam leben, haben bestimmt Hunde. Wo sind die Hunde? Sie müssten uns wittern!«

»Die Hunde sind drin und wärmen sich den Pelz am Feuer.«

»Und es gibt nirgendwo um die Hütte herum Spuren. Wenn das eine Fähre ist, dann leben dort doch mindestens drei oder vier Menschen, Papa. Warum sieht man keine Spuren?«

»Sie gehen nicht raus bei der Kälte.«

»Nicht mal zum Abtritt?«

»Was willst du eigentlich, verdammt? Hier ist die Fähre, hier ist der Fluss, hier setzen wir über, und danach ist es ein Katzensprung bis zur Didrichsburg. Was passt dir daran nicht, Sohn?« An Schwester Venias Blick erkannte er, dass auch sie gehört hatte, dass er die Bezeichnung »Sohn« wie ein Schimpfwort verwendet hatte. Johannes schien zum ersten Mal seit langem darüber hinweggehört zu haben. Er drehte den Kopf hin und her.

»Und es ist so still …«

Das Schlimmste daran war, dass es Rainald ebenso aufgefallen war wie dem Jungen. Alles, worauf Johannes hingewiesen hatte, und zusätzlich noch der befremdliche Umstand, dass kein Rauch aus der Kaminöffnung aufstieg und dass das Gierseil der Fähre nicht so tief im Wasser hätte hängen dürfen. Fährleute waren nicht dämlich – wenn es eine Möglichkeit gab, das Seil so über den Fluss zu führen, dass sie im Winter nicht mit eiskaltem, halb gefrierendem Wasser hantieren mussten, dann taten sie es.

»Papa, ich hab Angst.«

»Hast du nun erreicht, was du wolltest? Deiner Schwester Angst eingejagt? Wenn du nicht sofort den Mund hältst …!«

»Johannes hat recht«, sagte Schwester Venia.

»Na prima! Seid Ihr jetzt Expertin für merkwürdige Situationen geworden?«

»Du findest es hier also auch merkwürdig?«

»Zum Teufel!« Rainald stapfte weiter.

Nach ein paar Augenblicken folgten sie ihm. Er hörte, wie Blanka nach ihm rief, aber er war zu verärgert, um auch nur zu antworten. Als sie schwieg, drehte er sich im Gehen um. Sie lief jetzt dicht neben Schwester Venia her und sah zu der jungen Schwester auf, und über beider Züge huschte ein Lächeln. Rainald hatte das verkniffene, düstere Gesicht erwartet, das Blanka immer aufsetzte, wenn sie wütend oder beunruhigt war oder nichts sich ihren Plänen fügte. Die beiden sahen ihn an, und Blankas Lächeln verbreiterte sich noch. Für einen Moment aus dem Gleichgewicht, stolperte Rainald über eine Wurzel. Sein Blick irrte zu Johannes und ertappte den Jungen dabei, wie er sich verstohlen eine Träne von der Wange wischte.

Oberflächliche Verletzungen des Fleisches, tiefergehende Verwundungen der Seele – wie jedes Kind hatte auch Johannes seinen Teil davon empfangen, und wann immer Rainald da gewesen war, hatte der Junge sich seinen Vater als Trostspender gesucht anstatt seiner Mutter. Rainald glaubte, sich an jede verzweifelte Umarmung, an jedes Schluchzen, an jedes Wimmern, an jedes nassgeweinte Hemd zu erinnern, und er fühlte den Körper Johannes' in seinen Armen, vom zarten Kleinkind bis zum schlaksigen Jungen. Ihre Blicke trafen sich; Johannes blickte sofort beiseite. Rainald verzog das Gesicht und setzte den Weg zur Hütte fort, dabei in Gedanken jedem Baumstumpf einen Tritt gebend.

Dann sah er die offene Tür. Sie schwang hin und her in der leichten Brise am Flussufer, die ihn jetzt auch erfasste. Der Wind roch nach weiterem Schnee und biss in seine Wangen. Er glaubte das Pochen der Tür zu hören, wie sie an die Wand stieß, doch es war nur sein Herz. Das Bündel wog auf einmal mehr als zuvor. Nein, dachte er, ohne zu wissen, was genau er erwartete, was genau er fürchtete. Nein …

Er ließ das Bündel fallen und zog das Schwert. Hinter sich hörte er, wie Blanka erschrocken einatmete. Seine Finger waren steif vor Kälte.

»Ich seh nach«, sagte er. »Ihr bleibt hier.«

»Was glaubst du, was …?«

»Passt auf die Kinder auf, Schwester.«

Er drehte sich einmal um sich selbst: die stille Hütte mit der gähnenden Türöffnung; das langsam vor ihm davonfließende, schwarze Wasser; der Waldrand; die Baumstümpfe; die Gesichter seiner Begleiter, große Augen und bleiche Lippen bei den Kindern, angespannte Züge bei der Klosterschwester; der Waldrand an der anderen Seite; der heranrollende Fluss; die Hütte … Rainald hörte das Knarren des Schnees unter seinen Stiefeln. Sie waren da. Er wusste, dass sie da waren. Er hatte es gewusst, als er oben am Hang unter den letzten Bäumen hervorgekommen war. Er hatte es gewusst, aber Johannes hatte es gesagt. Er hatte schon jede Menge Tote gesehen, und über ein Schlachtfeld zu stolpern und nachzusehen, wer von den Freunden noch am Leben war und wer nicht, war bei weitem schlimmer als alles, was ihn in der Hütte erwarten konnte. Er erinnerte sich daran, wie der Fährmann ihm zur Seite gestanden hatte gegen die Verfolger. Er und seine Familie waren nicht Rainalds Freunde, und ihre Hilfe war nicht kostenlos gewesen; aber sie hatten ihm geholfen. Sie hatten nicht einmal darüber nachgedacht. Er holte Atem und trat die Tür ganz auf.

Schwester Venia bekreuzigte sich, als er wieder herauskam. Das Licht war trüb, dennoch blendete es ihn. Er kniff die Augen zusammen.

»Nichts«, sagte er. »Keiner da.« Es hatte eine Art Tisch mit einer Art Stühlen gegeben. Die Stühle waren umgefallen gewesen. Im Türrahmen hatte ein Pfeil gesteckt – innen. Ansonsten ... »Nichts«, wiederholte er. »Noch nicht mal ein Blutstropfen.« Er ließ das Schwert sinken. Die Stille, die über der Fährstelle lag, hallte in seinen Ohren.

Die Blicke der Klosterschwester irrten ab. Rainald nickte.

»Ich sehe hinter der Hütte nach.«

»Ich komme mit«, sagte Johannes.

»Du bleibst hier.«

»Ich möchte dir helfen, Papa.«

»Du bleibst hier und passt auf deine …« Rainald brach ab. Johannes schluckte, plötzlich noch bleicher geworden. »Du bleibst einfach hier«, sagte Rainald barsch. Er drehte sich um und lief um die Hütte herum.

Zuerst sah Rainald den Hund, obwohl der Anblick der Fährstelle bei weitem bedeutender war. Er blieb stehen, als ob er gegen eine Wand geprallt wäre. Hinter sich hörte er plötzlich Johannes etwas rufen und die vor Hysterie schrille Stimme Blankas. Er hob seine Blicke von dem verfärbten Fleck im Schnee; es bereitete ihm Mühe.

Die Fähre war eine Art flaches Boot gewesen, mit Kabelrollen an Bug und Heck, durch die das Gierseil lief. Man zog die Fähre mit Muskelkraft von einem Ufer zum anderen; im Sommer, wenn das Wasser niedriger stand, konnte man mit Hilfe einer langen Stange zusätzlich staken. An all das erinnerte sich Rainald; was er sah, war der Überrest einer der beiden Kabelrollen, der noch im Gierseil hing und es unter Wasser drückte. Die Fähre selbst war spurlos verschwunden. Als die Kabelrolle einmal kurz aus dem Wasser auftauchte, erkannte Rainald das gesplitterte Holz, wo sie sich von der Fähre losgerissen hatte. Das Kabel hatte Zähne aus Eiszapfen. Er versuchte zu verstehen, was er sah, da hörte er hinter sich hastige Schritte und das Greinen Blankas, die mit ihrer Kraft am Ende und ihm nachgelaufen war.

Rainald reagierte viel zu langsam. Als er sich so hinstellte, dass sie den Hund nicht sehen konnte, war es bereits zu spät. Blanka ballte die Fäuste vor dem Mund und begann zu kreischen.

* * *

Rainald wirbelte seine Tochter herum und drückte ihr Gesicht in den Pelz, den er trug. Blanka schrie hysterisch. Er starrte auf das, was die Wölfe von dem Hund übriggelassen hatten. Er wusste, dass dieses Schicksal auch auf sie wartete. Vage ahnte er, dass der Anführer der Wölfe den Hass seines Rudels auf ihren entfernten, domestizierten Artgenossen noch angestachelt hatte. Was hatte er in dem Hund gesehen, der versucht hatte, sein Heim zu verteidigen? Etwas, zu dem er niemals mehr würde zurückkehren können? Rainald fühlte die Kälte, die über seinen Rücken lief, und das Schluchzen, das Blankas schmale Gestalt schüttelte.

»Schon gut, meine Kleine«, krächzte er.

»Papa«, sagte Johannes. Rainald sah nicht auf. Er löste Blankas Hände von seinem Hals und schob sie auf Armeslänge von sich. Ihr Gesicht war nass von Rotz und Tränen. Sie starrte ihn aus verschwollenen Augen an, dann begannen ihre Blicke zu wandern.

»Blanka …«, sagte er. »Sieh mich an, Blanka.«

Sie begann erneut zu weinen und drehte gleichzeitig den Kopf, um über die Schulter zu spähen. Rainald hielt ihr Kinn fest.

»Blanka …«

»Papa, du musst …«

»Sei still«, sagte Rainald, ohne zu seinem Sohn hinüberzusehen. Er zwang Blanka, seinen Blick zu erwidern.

»Das hat nichts mit uns zu tun, Blanka. Wir müssen nur noch ein bisschen weiter gehen, als ich dachte, das ist alles. Wir überqueren den Fluss an einer anderen Stelle. Das hier hat nichts mit uns zu tun. Die Wölfe haben den Hund getötet, aber jetzt sind sie weg. Verstehst du mich, Blanka?«

»Papa ...«

Blanka nickte stumm und mit zitterndem Kinn. Rainald rang sich ein Lächeln ab und zog sie wieder an sich heran. Einen Augenblick lang ließ er den Kopf auf ihr Haupt sinken, spürte ihre zarte Gestalt in seinen Armen verschwinden und fühlte sich müde, leer und hoffnungslos.

»Rainald«, sagte Schwester Venia. Rainald erkannte in ihrer Stimme den gleichen merkwürdigen Unterton. Endlich blickte er auf.

Johannes und die Klosterschwester standen nebeneinander an der Hausecke. Sie hatten ihm die Rücken zugewandt und sahen zum Waldrand oben am Hang hinauf. Rainald folgte ihren Blicken.

Die Baumstümpfe waren zum Leben erwacht.

Dann erkannte er, dass die Schatten vielmehr zwischen den Baumstämmen kauerten, die Schatten mit dem graubraunen Fell und den gelben Augen. Ihr Anführer stand auf einem der abgesägten Stümpfe wie ein Jagdhund, der vor dem Versteck der Beute verhält, schwarz und zottelig, breiter und größer als sein Rudel. Rainald hatte das Gefühl, dass seine Blicke zu der finsteren Gestalt hingezogen wurden, bis die funkelnden Augen, die heraushängende Zunge und die gebleckten Zähne direkt vor seinem Gesicht zu schweben schienen. Rainald hatte nur ein einziges Mal so viel Hass im Antlitz eines Lebewesens gesehen: in seinem eigenen, das sich in einem Metallteil gespiegelt hatte, als er zwischen den Trümmern in seinem Saal auf den Körper Sophias gestoßen war.

Die Lefzen des Leitwolfs, der einmal ein Schäferhund gewesen war, zogen sich noch weiter von den Fängen zurück.

Er bellte.

Drei Schatten glitten zwischen den Baumstämmen hervor und waren den halben Hang herunter, bevor Rainald auch nur auf die Beine gekommen war.

* * *

»In die Hütte, in die Hütte!«, brüllte Rainald. Blanka flog in Johannes' Arme und hätte den Jungen umgerissen, wenn Rainald ihn nicht mit der freien Hand gepackt hätte. Er schob beide so heftig in Richtung der geöffneten Tür, dass sie über die Schwelle stolperten und im Dunkel hinter der Türöffnung verschwanden. Rainald hörte sie übereinanderpoltern und Blankas Schreckensschrei. »Bleib bei ihr!«, schrie er und wandte sich um. »Verriegel die Tür, sobald Schwester …«

Er stockte, weil er sah, dass die Klosterschwester sich den Wölfen entgegenwarf. Die Tiere duckten sich beim Rennen so flach in den Schnee, dass es aussah, als seien ihre grauen Körper aus flüssigem Metall. Schwester Venia schwang einen Prügel Feuerholz, mit dem sie nicht einmal eine Maus hätte totschlagen können, wenn er leicht genug war, dass sie ihn schwingen konnte.

»Gottverdammt!«, keuchte Rainald.

»Papa!«

»Mach die Tür zu!«

Er riss sein Schwert aus der Scheide und dachte daran, dass er es an diesem Weihnachtstag öfter gezückt hatte als in den letzten acht Wochen. Die Pelze behinderten ihn beim Laufen – er schüttelte sie ab. Seine Beine ächzten, doch er zwang sie dazu, ihn hinter Schwester Venia herzutragen. Die Wölfe waren nur noch ein paar Längen von ihr entfernt. Sie stockte nicht ein einziges Mal und schien fast über den Schnee zu laufen. Rainald würde sie niemals rechtzeitig erreichen. Er wusste, dass er sich auf die anderen Tiere und besonders auf den Anführer hätte konzentrieren sollen, aber die drei herabgleitenden Schatten hielten seine Blicke fest. Schwester Venia hob den Prügel über ihren Kopf.

Rainald scherte aus seiner bisherigen Laufrichtung aus und rannte quer zum Hang.

»Hierher!«, brüllte er und wirbelte das Schwert über den Kopf. »Versucht's bei mir, ihr Mistkerle!«

Die Wölfe warfen sich herum und nahmen seine Verfolgung auf, schwenkten vor Schwester Venia ab und schossen den Hang herunter, auf ihn zu. Zu seiner Verblüffung, dass es funktioniert hatte, kam der Schreck, dass sie es nun tatsächlich auf ihn abgesehen hatten – und die Erkenntnis, dass die drei Wölfe nicht mit dem halbverhungerten Einzelgänger im Wald zu vergleichen waren. Er traute sich zu, mit zweien von ihnen fertig zu werden … doch der dritte würde ihm die Kehle durchbeißen. Sein Atem flog. Er rannte mit großen Sprüngen den Hang wieder hinab. Wenn er so viel Vorsprung gewann, dass ihre Gruppe auseinandergezogen wurde …! Aus dem Augenwinkel erkannte er Schwester Venia, die versuchte, zu ihm zu gelangen, doch sie war zu weit entfernt. Sein Trick hatte funktioniert; zu gut funktioniert.

»Verdammt …«, keuchte er und blieb stehen, um zu kämpfen.

»Hierher!«, schrie eine neue Stimme. Die Wölfe wandten die Köpfe, ohne im Laufen innezuhalten. Rainald fuhr herum. »Kommt schon, ihr Schoßhündchen!«

Johannes rannte auf einer Geraden, die ihn mit Schwester Venia zusammenführen würde. Suchte er instinktiv die Nähe eines anderen Menschen bei seinem Manöver, oder rannte er einfach nur irgendwohin, weil seine Angst so groß geworden war, dass sie in blinden Heldenmut umschlug? Rainald sah voller Entsetzen, dass der vorderste Wolf sich ablenken ließ und erneut die Richtung wechselte, um Johannes abzufangen. Er hörte das Japsen und Knurren, als das Tier nur ein paar Schritte von ihm entfernt vorüberhetzte, sein Gestank und aufstiebender Schnee trafen Rainalds Gesicht.

»NEIN!«, brüllte Rainald und warf sich den beiden nachfolgenden Wölfen in den Weg. Sein Schwert beschrieb einen Bogen.

Der Aufprall des jagenden Wolfs riss ihm die Klinge aus den Händen. Rainald wirbelte herum und fiel auf die Knie. Der Wolf überschlug sich im Schnee und begann sich zu winden und zu winseln. Das Tier, das am Ende der Gruppe gerannt war, sprang und stürzte sich Rainald auf den Rücken. Das Gewicht warf ihn nach vorn, mit dem

Gesicht in den Schnee. Blinde Panik ergriff ihn. Er spürte, wie der Wolf ebenfalls nach vorn taumelte und ihn freigab, vom eigenen Schwung vorwärtsgetragen. Rainald kam in die Höhe wie ein Mann, der zu lange unter Wasser gedrückt worden ist. Sein Gegner rollte sich im Schnee herum und kam wieder auf die Beine, zögerte nicht eine Sekunde und griff Rainald sofort wieder an. Rainald hob die Arme vor das Gesicht und fiel unter dem Aufprall nach hinten um, spürte, wie sich Zähne in die Ledermanschette an seinem Unterarm gruben und sie zusammenpressten wie mit stählernen Klauen. Er schrie vor Schmerz, obwohl die Zähne das harte Leder nicht durchdrangen. Seine Stiefel fanden Widerstand. Er trat zu. Der Wolf flog von ihm herunter, zappelte und versuchte, die Pfoten unter den Leib zu bekommen. Rainald warf sich auf ihn, wie er sich auf einen menschlichen Gegner geworfen hätte, der nach seiner Waffe griff, mit vorgestreckten Knien und mit seinem ganzen Gewicht. Er spürte die Knochen brechen; das Schnappen der Kiefer verwandelte sich in ein röchelndes Heulen. Rainald sprang auf. Mit fliegendem Atem wirbelte er herum und stolperte dem ersten Wolf hinterher, wischte sich Schnee und Geifer aus dem Gesicht und versuchte, zu Johannes …

»NEIN!!«

Der Junge war unter seinem Angreifer zu Boden gegangen. Er schrie und schlug mit Händen und Füßen um sich. Rainald sah Schwester Venia heranstolpern, ihren lächerlichen Prügel schwingend. Ihr Gebende war verrutscht, und ihr Habit war weiß von Schnee. Sie musste in ihrer Hast gefallen sein. Sie würde Johannes niemals rechtzeitig erreichen; und er, Rainald, auch nicht …

Er fiel beinahe über etwas und wäre weitergerannt, hätte er es nicht halb mit sich gezerrt. Sein Schwert. Er griff danach und verlor es wieder. Der Wolf, den er damit erwischt hatte, starrte ihn an. Er lag ganz ruhig, nur sein gelbes Auge funkelte vor kaltem Hass. Rainalds Herzschlag setzte aus, bis er erkannte, dass das Tier tot war. Er riss den Blick los und zerrte gleichzeitig an seinem Schwert, ohne zu merken, dass er auf der im Schnee verborgenen Klinge kniete. Er hörte sich fluchen und Johannes vorne schreien.

Der Wolf zuckte zurück und jaulte auf, sprang von Johannes herunter und drehte sich einmal um sich selbst. Johannes versuchte sich aufzurichten, sein kleines Schwert in der Faust. Der Wolf, offenbar nicht ernsthaft verletzt, drehte sich noch einmal herum.

»He, du …!«, brüllte Rainald. Seine Stimme brach. Der Wolf reagierte nicht. Johannes stolperte auf die Füße und fiel wieder um, krabbelte auf dem Rücken davon. Der Wolf duckte sich zum Sprung.

Schwester Venia schrie und sprang mit wehendem Habit den Hang herunter, auf den Wolf zu. Das Tier fuhr herum und prallte zurück. Die Schwester schlug mit dem Prügel ein Luftloch und geriet ins Taumeln. Der Wolf schien so überrascht, dass er seine Mordlust vergaß. Schwester Venia fiel mitsamt ihrer Waffe in den Schnee und kam über und über bestäubt wieder daraus hervor, den Prügel erneut erhoben. Der Wolf zog den Schwanz zwischen die Hinterbeine und wich zurück.

Rainald warf sich zur Seite. Die Klinge kam frei. Rainald sprang auf.

Der Wolf fuhr herum und floh vor der um sich schlagenden Klosterschwester. Er rannte mit angelegten Ohren und eingekniffenem Schwanz direkt auf Rainald zu, ohne ihn zu sehen. Rainald packte den Schwertgriff mit beiden Händen und ließ die Klinge auf das Tier heruntersausen. Es grub im Fallen eine Furche in den Schnee, die sich in seiner Spur rot färbte.

Rainald hastete zu Johannes und Schwester Venia hinüber. Sein Herz wollte zerspringen, er erstickte fast vor Atemnot. Johannes lag regungslos. Schwester Venia saß im Schnee, als hätte alle Kraft sie verlassen. Rainald fiel vor seinem Sohn auf die Knie und riss ihn in die Höhe. Johannes schrie auf.

»Ist dir was passiert, ist dir was ...?«

Rainald sah den zerfetzten Ärmel, wo sich die Zähne des Wolfs in den Arm gegraben hatten. Es war kaum Blut zu sehen, Mantelärmel, Jacke und Steppgewand hatten das Schlimmste abgehalten, und Johannes' Herumgefuchtel hatten die Kiefer des Wolfs abrutschen lassen. Rainalds Herz schlug Trommelwirbel. Er tastete seinen Sohn mit fliegenden Händen ab. Johannes begann zu weinen. Er zerrte ihn hoch.

»Schnell, schnell, in die Hütte, bevor die anderen ...« Er fuhr herum und streckte die andere Hand aus. »Schwester, schnell, bei allen Heiligen, kommt schon, bevor die anderen Biester ... was für eine gottverfluchte Idee ... seid Ihr denn von allen ...«

Er verstummte.

Schwester Venia starrte mit großen Augen zum Waldrand hinauf.

Die Wölfe waren verschwunden.

Die beiden Tiere, die Rainald erlegt hatte, wirkten im Tod kleiner und schmaler als im Leben. Das dritte Tier war ebenso verschwunden wie alle anderen. Rainald versuchte sich nicht anmerken zu lassen, dass erneut ein Schaudern über seinen Körper lief. Er drehte sich um, als er zögernde Schritte hörte. Johannes stand hinter ihm und wischte sich über das Gesicht. Sein Brustkorb hob und senkte sich krampfhaft, als er sich bemühte, nicht mehr zu weinen. Rainalds Blicke wanderten zu dem Schneematsch zwischen Johannes' Füßen. Blutstropfen malten verblassende Rosenmuster hinein.

Johannes folgte den Blicken seines Vaters von dem in den Schnee tropfenden Blut an seinem Bein entlang in die Höhe bis zu dem klaffenden Riss an der Innenseite seines Oberschenkels. Wölfe hatten scharfe Zähne und an den Pfoten ebenso scharfe Krallen. Johannes sah Rainald in die Augen. Dann knickte das verletzte Bein ein, und der Junge fiel auf die Seite.

## *Der Jahrhundertwinter*

Teil 3

»Mit dem Pfadfinder ist das nämlich so«, sagte Julius, »dass er nich nach Hause zurückkehrte. Seine Familie wartete, aber er kam nich wieder. Erst im Frühjahr fand man ihn, als der Schnee weggetaut war. Kein Mensch weiß, ob er selber nich mehr aus dem Sturm rausgefunden hat oder ob er einfach nich mehr zurückkehren wollte, weil er so was Schlimmes getan hatte. Aber seitdem … seitdem geht der Pfadfinder hier um, wenn es stürmt, und führt Reisende in die Irre. Das is seine Strafe, nich wahr, und er muss es tun bis zum Jüngsten Tag, wenn auch seine Seele erlöst wird.«

Die Knechte warteten auf eine Reaktion Alvins. Alvin gab ihre Blicke zurück. Er hatte keine Ahnung, was er sagen sollte. Ein langer Arm fasste auf einmal an ihm vorbei und angelte nach der Schnapsflasche. Alvin wandte sich um und sah Otto von Bismarck dabei zu, wie dieser die Flasche ansetzte und einen gewaltigen Schluck daraus nahm. Seine Augen tränten nicht einmal von dem scharfen Zeug. Bismarcks Trinkfestigkeit war legendär.

»Gott sei seiner Seele gnädig«, sagte Bismarck, nachdem er sich den Mund abgewischt hatte. Kleine Eiszapfen brachen von seinem Schnauzbart ab. Er drehte die Flasche um. Sie war leer.

»Amen«, murmelten die Knechte und starrten die leere Flasche an.

»Bevor der … hmmm … Pfadfinder sie kriegt«, sagte Bismarck und grinste.

Die Knechte lächelten schwach. Alvin bekam die Flasche in die Hand gedrückt. Bismarck zog sein Pferd beiseite und ging wieder auf Abstand.

»Dit is ne wahre Jeschichte«, sagte Willem beschwörend. »Un heute jeht er janz bestimmt um, der Pfadfinder.«

»Uns wird er nicht in die Irre führen«, erklärte Alvin.

»Nee, Herr Hauptmann, uns nich. Aba Gnade Gott allen armen Seelen, die jetzt noch draußen herumlaufen un den Weg nich kennen.«

Die Zeit hatte ihre Bedeutung für Paul verloren. Er fühlte sich, als ob er seit vielen Stunden durch den Schneesturm stapfte. Sein Verstand wusste, dass es nicht sein konnte, weil in diesem Fall längst die Dunkelheit hereingebrochen wäre. Aber was der Verstand wusste, konnte sich nicht durchsetzen gegen das, was Körper und Herz empfanden.

Außerdem war das geschehen, was Paul die ganze Zeit über befürchtet hatte. Es stellte sich heraus, dass er einen Feind in seiner Gruppe hatte.

Noch vor ihrem Aufbruch hatten sie sich einander vorgestellt. Paul, der keinen Sinn in übergroßen Förmlichkeiten gesehen hatte in ihrer Lage und dessen bayerische Herkunft ohnehin nicht dazu neigte, hatte sich mit seinem Vornamen vorgestellt und so eingeführt, dass sie sich duzten. Der ehemalige Sprecher der Empörtenfraktion hatte sich geweigert. »Waren ja noch nicht miteinander Schweinehüten«, hatte er gemurmelt und sich als Scipio Eduard Kühne, Gutsbesitzer aus Wanzleben bei Magdeburg vorgestellt, hatte den Nachnamen betont, hinzugesetzt, dass man vielleicht seinen Bruder Samuel Bogislav Kühne kenne, den Generalsteuerdirektor im Finanzministerium, und sich nach den Nachnamen der anderen Männer erkundigt. Paul hatte sie sich nicht gemerkt. Für ihn waren die beiden anderen Männer Carl und Ernst.

Scipio Eduard Kühne blieb plötzlich stehen.

Paul hielt ebenfalls an. »Pause?«, fragte er, bemüht, seine Abneigung gegen Kühne nicht die Oberhand gewinnen zu lassen.

»Wissen Sie überhaupt noch, wo wir sind?«, fragte Kühne und stemmte die Hände in die Hüften. Carl und Ernst wechselten besorgte Blicke. Paul konnte nicht erkennen, ob sie sich Sorgen wegen Kühnes Herausforderung machten oder weil sie die gleichen Befürchtungen hegten wie der Wanzlebener Gutsbesitzer.

»Nein«, sagte Paul wahrheitsgemäß.

»Ich wusste es!«, stieß Kühne erbittert hervor.

»Aber ich weiß, wo wir hingehen.«

»Und wohin wäre das?«

»Na, Genthin.«

»Haha! Dass ich nicht lache! Und was sagt Ihnen, dass wir nach Genthin gehen? Ihre übergroße Ortskenntnis?

Wohl schon oft hier langgelaufen, hm? Halten es wohl zu Hause in Bayern nicht aus, so dass sie sich lieber im schönen Preußen rumtreiben?«

»Ich weiß es«, sagte Paul und musste an sich halten, um dem Gutsbesitzer nicht an die Gurgel zu gehen, »weil wir den Gleisen folgen.«

»Das wollte ich hören!«, rief Kühne. Paul hatte das Gefühl, dass Kühne ihn genau zu dieser Aussage hatte manipulieren wollen. »Wir folgen den Gleisen. Und wo sind die Gleise, Herr Bärwurz aus Bayern? Hä? Wo sind sie? Ist hier irgendwo ein Bahndamm? Gehen wir vielleicht neben einem Bahndamm lang? Schauen Sie sich um, meine Herren. Nirgendwo ein Bahndamm in Sicht! Herr Bärwurz führt uns in die Irre! Aber wir sind selbst schuld, weil wir unser Schicksal einem Ausländer anvertraut haben statt einem aufrechten Preußen.«

»Er heißt Baermann«, brummte Ernst feindselig.

Carl wirkte unsicher und drehte sich einmal um die eigene Achse, offenbar auf der Suche nach dem Bahndamm.

Paul atmete tief durch. »Wollen Sie die Führung der Gruppe beanspruchen, Kühne?«, fragte er.

»Durchaus«, stieß der Gutsbesitzer hervor.

»Sie sind nur deshalb mitgekommen, oder?«

»Ich bin mitgekommen, weil ich wusste, dass Sie ein aufgeblasener, ahnungsloser Mensch sind, der alle ins Unglück führt, die sich ihm anvertrauen.«

»Und wohin würden Sie die Gruppe führen?«

»Zurück, bis zu dem Ort, an dem Sie den Bahndamm verloren haben.«

»Sagen Sie mal, Kühne«, erkundigte sich Ernst,

»warum haben Sie denn keinen Pieps gemacht, als wir vom Bahndamm abgebogen sind? Hätten doch gleich aufmucken können, dann müssten wir jetzt nicht zurücklaufen.«

»Weil ich wollte«, sagte Kühne triumphal, »dass sich Herr Bärwurz selbst überführt!«

Paul wies in die Richtung, aus der sie gekommen waren. »Und wie wollen Sie zurückfinden, Kühne?«

Die vier Männer starrten in das Schneetreiben. Nur noch ein paar Trittspuren waren zu sehen, die letzten, die sie gemacht hatten, bevor Kühne stehen geblieben war. Die anderen hatte der Wind verweht und der Schnee zugedeckt. Die Landschaft bestand aus einer flachen Ebene ohne jedes Unterscheidungsmerkmal, auf der das Schneetreiben die Sicht auf unter hundert Meter reduzierte. Ernst und Carl wechselten erneut einen Blick.

Kühnes Wangenmuskeln zuckten. »Das ist Ihre Schuld!«, zischte er Paul an.

Paul nickte. Dann trat er ein paar Schritte beiseite, bückte sich und wischte mit weit ausholenden Armbewegungen durch den Schnee. Als er fertig war, stand er auf und wies auf den Boden. »Sehen Sie!«, forderte er.

Die drei anderen Männer drängelten sich heran. Dort, wo Paul den Schnee beiseitegefegt hatte, waren Schienen zu sehen. Paul hatte einen Meter davon freigelegt, so dass klar erkennbar war, wohin sie führten. Es war die Richtung, in der sie die ganze Zeit marschiert waren.

»Manchmal, wenn der Boden hart genug ist, muss kein allzu hoher Damm aufgeschüttet werden«, sagte er. »Tatsächlich laufen auch hier die Gleise auf einem Damm, aber er ist so niedrig, dass er sich wegen des hohen Schnees überall nicht mehr abzeichnet.«

»Donner und Doria«, brummte Ernst. Er grinste Kühne an. »Haben sich gerade ein schönes Ei gelegt, Kühne. Können ja in Zukunft Ihrem Herrn Bruder im Finanzministerium die Steuern ausrechnen helfen, die liegen dort auch dauernd daneben mit ihren Kalkulationen.«

Kühne knurrte wütend, aber er sagte nichts. Selbst in der Kälte brannten seine Wangen feuerrot vor Scham.

»Gehen wir weiter«, sagte Paul. Er fühlte sich angewidert und müde. Es war nicht explizit Scipio Eduard Kühnes wegen; es war, weil es immer so war, wenn ein paar Leute in einer Gruppe zusammengewürfelt wurden, um eine schwierige Aufgabe zu bestehen. Das Erste, was sie taten, war, sich um den Posten des Anführers zu streiten und denjenigen, der sie gerade innehatte, als völlig inkompetent hinzustellen. Er sehnte sich nach Briest, nach der Freundschaft und Liebe, die dort auf ihn warteten. Hätte er sich mit Alvin durch den Schneesturm kämpfen müssen, hätte er den Weg sogar als Vergnügen empfunden. Selbst mit dem rechthaberischen Otto von Bismarck wäre die Aufgabe angenehmer gewesen.

Kühne gab seine Position an Pauls Seite auf und ließ sich zurückfallen. Sie stapften jetzt in einer länger auseinandergezogenen Kette dahin: Paul an der Spitze, dahinter Ernst, dann, nach einigem Abstand, Kühne und Carl. Kühne schien auf Carl einzureden, aber Paul konnte nicht verstehen, was er sagte, und kümmerte sich auch nicht darum.

Ernst schloss auf. »Um ehrlich zu sein, ich dachte auch, du hättest den Weg verloren«, gestand er.

»Warum hast du dich dann auf meine Seite gestellt?«

»Weil mich der Herr Gutsbesitzer aus Wanzleben ankotzt mit seiner Rechthaberei und seinen Unverschämtheiten dir gegenüber. Weil es mich ärgert, wenn jemand einem anderen vorwirft, dass er nicht von hier sei. Wir Menschen sind so gut wie überall Fremde, da ist es vollkommener Blödsinn, einen deswegen anzufeinden. Und weil ich, wenn man mich hier allein aussetzen würde, nicht die leiseste Ahnung hätte, wohin ich laufen muss, um irgendwo anzukommen, und mich deshalb lieber jemandem anvertraue, der weiß, was er tut.«

»Es hätte ja sein können, dass Kühne auch weiß, was er tut.«

»Ach nee«, sagte Ernst mit Überzeugung.

Paul musste lächeln. Ernst war so wie die meisten Preußen, die er kennengelernt hatte. Anfangs reserviert, mit ihrer knappen Redeweise distanziert und überheblich wirkend, aber wenn man ihnen näherkam: aufrechte, gute Seelen, die mit Ironie und ohne sich selbst übermäßig wichtig zu nehmen in einem Staat lebten, der seinen Bürgern die Pflichterfüllung als erste Tugend einbläute und von jedem verlangte, dass er sich tagtäglich die Frage stellte, was er für sein Land tun könne. Wären sie etwas lauter, etwas einfacher und viel frömmer gewesen, hätten die meisten Preußen als Bayern durchgehen können. Und Leute wie Scipio Eduard Kühne gab es überall.

»Wundert mich, wie du die Richtung halten konntest«, sagte Ernst.

»Ich hab ein Talent«, gestand Paul. »Ich kann eine gute Streckenführung instinktiv erkennen. Alle Streckenplaner, die ihr Geld wert sind, können das.«

»Dann arbeitest du vermutlich für die Eisenbahn als ... Wie nennt ihr das? Als Pfadfinder?«

»Streckenplaner«, sagte Paul. »Bei der Eisenbahn formuliert man nicht so poetisch. Die Eisenbahn selbst ist Poesie genug.«

»Dann hat also diesen Teil der Strecke jemand geplant, der sein Geld wert ist?«, fragte Ernst.

Paul nickte. »Ich hab das schon erkannt, als wir dem Bahndamm folgten, deshalb bin ich einfach so weitergegangen, als würde ich an meiner eigenen Streckenführung entlanggehen.«

»Und darauf hast du dich blind verlassen?«

»Nein, ab und zu bin ich dorthin rübergestapft, wo ich die Schienen vermutete, und hab im Schnee gescharrt, bis ich sie spürte.« Paul grinste. »Euch ist das nur nicht aufgefallen.«

Ernst boxte Paul gegen den Oberarm. »Knorke, Herr Bärwurz«, sagte er und zwinkerte ihm zu.

Das Gespräch erstarb bald wieder. Es war zu kalt zum Reden, und das Gehen zu beschwerlich. Pauls Füße waren so eisig, dass sie ihm Übelkeit verursachten. Der Wind fuhr ihm unter die Mantelschöße und oben beim Kragen hinein, seine Hände in den Manteltaschen waren trotz Handschuhen Eisklumpen. Er hatte die Pelzmütze so tief wie möglich ins Gesicht gezogen und war nur froh, dass der Wind ihnen in den Rücken blies und nicht von vorn kam.

Seine Gedanken drifteten ab. Erneut stellte Paul sich vor, wie es sein würde, endlich im Salon von Gut Briest zu sitzen. Die beiden Fenster, die im Erdgeschoss auf den Hof hinausgingen, würden schon dunkel sein, aber vielleicht würde der Wind nicht alle Laternen ausgeblasen haben, die von der Gutseinfahrt bis zum Eingangsportal des Herrenhauses auf Pfosten aufgereiht wären, eine flackernde goldene Perlenkette aus Licht, die man durch die Fensterscheiben betrachten konnte. Das Feuer im Kamin würde knistern, Alvin würde zwei Sessel davorgeschoben haben. Die Wärme würde in Pauls eiskalte Füße kriechen und dann durch seinen Körper zirkulieren, bis er mit rotem Gesicht und prickelnder Haut dasitzen und es einfach nur genießen würde, endlich wieder aufzutauen. Es würde heißen, gewürzten Rotwein geben, danach eiskalten Champagner. Sie würden ein paar Weihnachtslieder singen – preußische, bayerische, französische. Im Esszimmer würde das Essen aufgetragen; Alvin hatte in seiner Weihnachtseinladung angedeutet, dass die französische Küche zumindest an Feiertagen auf Briest Einzug gehalten hatte. Pauls bayerisches Genießerherz freute sich darauf, denn anders als die mit Napoleon verfeindet gewesenen Preußen hatten die Bayern mit dem korsischen Diktator gemeinsame Sache gemacht und demzufolge einiges aus Frankreich in die bayerische Kultur übernommen – nicht zuletzt die Freude an guter Küche.

Irgendwann, nach vielem Essen, weiterem Champagner, guten Zigarren, Gesprächen und Gelächter würde Paul in ein weiches Bett sinken, dessen Daunen mit einem heißen Stein vorgewärmt waren, und so lange schlafen, bis er von allein erwachte. Am Mittag würde es dann Geschenke geben; es blieb zu hoffen, dass die Bahn bis dahin die Fracht und das Gepäck aus dem verunglückten Zug auf Wagen umgeladen und zum Bahnhof nach Genthin gebracht hatte, von wo einer von Alvins Knechten Pauls Habseligkeiten nach Briest bringen konnte. Aber das war zweitrangig. Das größte Geschenk war ohnehin die Gastfreundschaft auf Briest, die Freundschaft zu Alvin … und dass er Louise sehen würde, seine große Liebe, die er an Alvin verloren hatte, die er aber mit der gleichen Intensität liebte wie zuvor und von der er in seinem Herzen wusste, dass auch sie ihn liebte. Louise liebte ihn, Louise liebte Alvin. Wer war Paul, ihr deshalb Vorwürfe zu machen? Sie würden sich nicht küssen, sie würden sich nur freundschaftlich berühren, sie würden nichts tun, was Alvin verletzen würde, und auch wenn ihm der Gedanke daran einen Stich versetzte, überwog doch die Freude, sie zu sehen, sie zu hören, in ihrer Nähe sein zu können.

Paul riss sich aus seinen Gedanken. Er hatte schon viel zu lange nicht mehr auf den Weg geachtet. Es wurde Zeit, dass er nach den Schienen sah.

Nach einigem Scharren stellte sich heraus, dass er sich diesmal tatsächlich verirrt hatte.

Paul horchte in sich hinein, während er versuchte, die hämischen Worte Kühnes auszublenden. Hatte er sich einfach nur verirrt, weil seine Gedanken ihm nach Briest vorausgeeilt waren? Nein. Er folgte immer noch dem inneren Kompass, der ihm sagte, wie die ideale Streckenführung beschaffen war, und der auch in diesem Wetter funktionierte. Das Problem war, dass die tatsächliche Bahnstrecke davon abwich. Entweder waren mehrere Planer an der Steckenführung beteiligt gewesen und nicht alle hatten die gleiche Qualifikation aufgewiesen – was oft genug vorkam – oder die ideale Streckenführung war aufgrund irgendwelcher Geländemerkmale nicht möglich gewesen. Ein kleiner Bach reichte, der zu morastige Ufer hatte, als dass man aufwandsarm eine Brücke hätte darüber schlagen können. Wenn der Bach nur eine weite Schleife machte, die man umgehen konnte, mochte es billiger gewesen sein, die Strecke entsprechend herumzuführen, statt die Brücke zu bauen. Jetzt, bei diesem Wetter, dem kniehohen Schnee und dem gefrorenen Boden mochten Paul und seine Begleiter über den Bach gestapft sein, ohne es zu merken.

Aber alles innere Argumentieren half nichts. Er musste eine Entscheidung treffen, wie es weiterging.

»Also gut. Die Schienen nehmen einen anderen Verlauf. Ich weiß trotzdem, wie wir nach Genthin kommen.« Paul fügte hinzu, weil er tatsächlich davon überzeugt war: »Früher oder später werden wir auf dem Weg, den wir nehmen, wieder auf die Schienen treffen.«

»Ach, kennen wohl eine Abkürzung, welche die Ingenieure der Bahn nicht kannten?«, höhnte Kühne. »Die hiesigen Ingenieure, wohlgemerkt.«

»Paul, bist du dir sicher?«, fragte Ernst beunruhigt.

»Ich bin mir sicher, dass ich unsere Gruppe nach Genthin führen kann.«

»Sie sind ein verantwortungsloser, leichtsinniger, eingebildeter, ahnungsloser …«, begann Kühne und suchte nach einem Wort, das seine Verachtung treffend beschrieb. Schließlich stieß er hervor: »… Münchner!«

»Ich bin auch ein jähzorniger Münchner«, sagte Paul, der plötzlich genug hatte. »Also halten Sie endlich den Mund, Kühne!«

»Bedrohen Sie mich etwa? Hier, in dieser Lage? Meine Herren, haben Sie gehört, wie er mich bedroht?«

»Lieber Himmel, halt die Klappe, Kühne«, brummte Ernst.

»Was machen wir jetzt?«, fragte Carl. Seine Stimme klang ängstlich. »Wir können doch hier nicht stehen bleiben!«

»Wir gehen zurück!«, befahl Kühne.

»Auf welchen Spuren?«, fragte Paul.

»Dachte, Sie seien sich so sicher, wie man nach Genthin kommt? Da müssen Sie uns doch auch wieder zurückführen können, oder?«

»Ja, das könnte ich. Aber es würde nichts nutzen. Mittlerweile ist es zum Zug zurück deutlich weiter als nach Genthin.«

»Nicht zum Zug! Bis dorthin, wo Sie den Weg verloren haben. Können uns dann an den Schienen entlang weiterarbeiten, wenn wir sie wiedergefunden haben.«

»Wir verlieren zu viel Zeit. Und die Streckenführung macht einen Umweg, glauben Sie mir.«

Kühne sagte: »Folge Ihnen keinen Schritt mehr, Bärwurz, außer zurück. Nur, damit das klar ist.«

»Herr Kühne hat recht«, erklärte Carl schüchtern. »Es ist ja nicht schlimm, dass du den Weg verloren hast, Paul.

War schon großartig, dass du uns bis hierher gebracht hast. Von uns hätte das keiner gekonnt. Aber jetzt müssen wir zurückgehen.«

Ernst schien unschlüssig. Er starrte mit zusammengekniffenen Augen in das Schneetreiben und sagte nichts.

Paul sagte: »Wir müssen vor Einbruch der Dunkelheit nach Genthin kommen. Wenn wir das nicht schaffen, sind wir verloren und die anderen, die im Zug zurückgeblieben sind, in Lebensgefahr. Wir verlieren zu viel Zeit, wenn wir zurück ...«

»Verlieren auch Zeit durch Ihre Halsstarrigkeit!«, rief Kühne. »Könnten schon lange auf dem Weg retour sein!«

»Da kommt jemand«, sagte Ernst.

Alle Augen richteten sich auf ihn.

»Was?«, fragte Kühne überrascht.

»Da kommt jemand.« Ernst wies ins wirbelnde Weiß hinaus. Tatsächlich war darin auf einmal ein Schatten zu sehen, der sich bewegte. Innerhalb weniger Herzschläge wurde aus dem Schatten ein Reiter auf einem wuchtigen Ackergaul, der sich in einen Mantel und eine Decke gewickelt hatte. Er starrte sie an. Sie starrten zurück. Das Pferd stampfte und scharrte und schüttelte Eisklumpen aus seiner Mähne.

»Sind Sie aus dem Zug Berlin – Magdeburg?«, fragte der Reiter.

»Ja«, sagte Kühne und drängte sich vor. »Scipio Eduard Kühne aus Wanzleben.« Er deutete eine knappe Verbeugung an. »Und Sie? Kommen Sie aus Genthin?«

Der Reiter nickte. »Ja. Bin losgeschickt worden, um

nach dem Rechten zu sehen. Der Zug ist zu lange überfällig.«

»Der Zug ist …«, begann Paul.

»… verunglückt«, vollendete Kühne, der sich offenbar wieder in der Sprecherrolle sah. »Sind losgegangen, um das Personal in Genthin zu alarmieren und die Leute im Zug zu retten. Habe meine Frau und einen Sohn unter den Passagieren.« So wie er dies sagte, implizierten seine Worte, dass er das Signal zum Aufbruch gegeben und die Gruppe hierhergeführt hatte.

»Sie sind bis hierhergekommen? Respekt, Herr Kühne«, sagte der Reiter.

Kühne zuckte mit dick aufgetragener Bescheidenheit mit den Schultern.

»Er hat nicht …«, stieß Ernst wütend hervor.

Paul gab ihm einen sanften Ellbogenstoß und schüttelte leicht den Kopf.

Ernst musterte ihn aufgebracht.

»Sind wahrscheinlich den Gleisen gefolgt«, mutmaßte der Reiter.

»Lag nahe«, bestätigte Kühne. »Sind nur zuletzt davon abgewichen, leider. Ein Versehen.«

»Kann vorkommen«, bestätigte der Reiter. »Die Gleise verlaufen dort drüben.« Er wies vage in eine Richtung. »Folgen Sie mir, ich bringe Sie nach Genthin.«

»Das ist ein Wort!«, sagte Kühne begeistert. Er hob die Hand, um dem Pferd auf die Kruppe zu schlagen, aber der Gaul wendete seinen massigen Kopf und sah ihn an. Kühne ließ die Hand wieder sinken. Der Gaul schnaubte, hob den Schweif und ließ ein paar Äpfel fallen.

»Wollen Sie nicht lieber nach dem Zug sehen?«, fragte Paul.

»Was kann ich da schon tun? Sie können mir unterwegs die Lage schildern und wo der Zug liegen geblieben ist. Aber ich habe keine Lebensmittel, nichts zu heizen und auch kein Verbandszeug für Verletzte bei mir. Ich bin nur losgezogen, um festzustellen, was überhaupt passiert ist. In ein, zwei Stunden sind wir in Genthin, dann organisieren wir mit Ihrer Hilfe eine Rettungsmission.« Er lächelte erneut. »Und sehen zu, dass wir Sie und die anderen dem Heiligabend gemäß irgendwo unterbringen.«

»Sie meinen … wir kommen heute nicht mehr nach Magdeburg?«, fragte Kühne.

»Keine Chance«, erwiderte der Reiter.

»Da wird die Bahngesellschaft aber einiges zu hören bekommen!«, drohte Kühne. »Mein Bruder ist Generalsteuerdirektor im Finanzministerium!«

Ernst flüsterte: »Warum lässt du dir von Kühne die Butter vom Brot nehmen, Paul? Der Hornochse tut so, als wäre alles auf seinem Mist gewachsen.«

»Ist nicht wichtig«, erwiderte Paul. Es war ihm tatsächlich nicht wichtig. Er musterte den Reiter und versuchte, sich darüber klarzuwerden, warum eine Alarmglocke in seinem Inneren läutete.

Der Mann war noch jung. Sein Mantel und die Decke sahen so aus, als hätten sie schon bessere Tage gesehen und als wären diese besseren Tage sehr lange her. Seine Kopfbedeckung war eine Art Schal, die er umgebunden hatte wie einen Turban. Die Schuhe passten zum Rest: grobe Halbstiefel, aus denen oben das Heu herausschaute, das ihr Besitzer als Wärmedämmung hineingestopft hatte. Das Pferd war ungesattelt, als Zügel diente ein Strick.

Mit anderen Worten: Der Reiter war einem offiziellen Beauftragten der Bahngesellschaft, der von Genthin aus aufgebrochen war, so unähnlich, wie es nur ging.

Der Reiter wendete sein Pferd. »Folgen Sie mir«, sagte er fröhlich. »Der Gaul bereitet ihnen den Weg.«

Pauls innerer Alarm klingelte jetzt ohrenbetäubend laut. »Das ist die falsche Richtung«, hörte er sich sagen.

»Das ist eine Abkürzung«, erwiderte der Reiter.

»Als ob Sie Bescheid wüssten«, spottete Kühne. »Haben Sie uns nicht total in die Irre geführt?«

Der Reiter zügelte sein Pferd und musterte Paul. »Ach, Sie haben diese Gruppe bis hierher gebracht. Und ich dachte ...«

Kühne versuchte zu retten, was zu retten war. »Habe ihn die Führung übernehmen lassen, weil er so wirkte, als ob er wisse ...«

»Sie sind nicht von hier, oder?«, fragte der Reiter und ignorierte Kühne.

»Richtig.«

»Reife Leistung, mein Herr. Würde den Hut vor Ihrem Orientierungssinn ziehen, wenn ich einen aufhätte.«

»Trotzdem ist es die falsche Richtung, in die Sie uns jetzt leiten wollen.«

»Es ist eine Abkürzung, glauben Sie mir. Na gut, nicht eine Abkürzung im eigentlichen Sinn, aber der leichtere Weg.«

Paul seufzte. »Wissen Sie, ich glaube Ihnen kein Wort«, sagte er.

Der Reiter musterte ihn erneut eingehend, schwieg aber.

»Wen interessiert schon, was Sie glauben?«, rief stattdessen Kühne. »Der Herr ist von der Eisenbahn, und wir vertrauen uns ihm an.« Er schlug Carl, der neben ihm stand, auf die Schulter. »Nicht wahr?«

Carl erwiderte nichts, aber er stellte sich auch nicht auf Pauls Seite. Paul blickte unwillkürlich zu Ernst hinüber. Dieser wand sich.

»Es ist nicht zu leugnen, dass du den Weg verloren hast und dich hier nicht auskennst«, sagte er leise. »Was du bis jetzt geleistet hast, war unglaublich, doch nun …«

»Sie können mir vertrauen«, sagte der Reiter.

»Sie sind nicht von der Eisenbahn«, erklärte Paul.

»Jetzt machen Sie aber endlich mal einen Punkt!«, empörte sich Kühne.

Der Reiter schüttelte den Kopf. »Kein Beamter, wenn Sie das meinen. Aber was hat das damit zu tun, dass ich Sie in Sicherheit bringen will?«

»Hören Sie nicht auf Bärwurz«, sagte Kühne. »Ein Fremder. Aus Bayern. Was will man mehr? Führen Sie uns, werter Herr, führen Sie uns aus diesem vermaledeiten Wetter, und ich werde bei meinem Bruder ein gutes Wort für die Eisenbahngesellschaft einlegen.«

Der Reiter trieb sein Pferd an. Kühne und Carl reihten sich dahinter ein. Ernst setzte sich in Bewegung, blieb dann aber stehen, als Paul sich nicht rührte.

»Sag bloß, du willst nicht mitkommen!«

Paul schüttelte den Kopf. »Der Kerl ist nicht, was er zu sein vorgibt. Und die Richtung ist falsch.«

»Aber er ist doch von hier!«, rief Ernst fassungslos. »Wie kannst du an ihm zweifeln, noch dazu, wo du dich verlaufen hast?«

»Ich traue ihm nicht«, erklärte Paul stur.

Ernst breitete die Arme aus. »Ich hatte dich für einen vernünftigen Mann gehalten«, sagte er bedauernd. »Wenn du auf eigene Faust weitergehst, gehst du in den Tod.«

Paul erwiderte nichts.

Ernst ließ die Schultern sinken, warf Paul einen ratlosen Abschiedsblick zu und schloss zu den anderen auf.

Der Reiter wandte sich um. »Und Sie?«, rief er Paul zu.

»Ich suche mir meine eigene Abkürzung!«

Der Reiter zuckte mit den Schultern, dann wandte er sich ab.

Paul sah der Gruppe hinterher, bis das Schneetreiben sie verschluckte. Auf einmal war der Drang, ihnen nachzulaufen, so mächtig, dass er die Zähne zusammenbeißen musste, um sich zurückzuhalten. Er war jetzt allein auf sich gestellt. Die unvernünftigste Entscheidung, die man bei derartigen Witterungsverhältnissen treffen konnte. Dennoch war er überzeugt, dass er das Richtige tat. Es fühlte sich nur im Moment nicht so an.

»Kruzifix«, murmelte er erbittert, dann stapfte er in der Richtung weiter, die sein Instinkt ihm eingab.

Auf Gut Briest sah Louise mit immer stärker werdender Sorge zu, wie Moritz die Figur des Unteroffiziers hochhob und unschlüssig mit ihr spielte. Der Unteroffizier mit seinem Spaten und den Hemdsärmeln war das Symbol für Paul. Dass Moritz sich jetzt auf einmal getrieben fühlte, ihn aus der trauten Dreieinigkeit mit den anderen beiden Figuren – Alvin und Bismarck – zu entfernen, machte ihr Angst. Sie sagte sich, dass das alles eigentlich keinerlei Bedeutung hatte und dass Moritz ein Kind war, das nicht irgendwelchen höheren Eingebungen folgte, sondern schlicht nicht wusste, was es tat, weil es sich auf die Geschichte konzentrierte. Aber es gelang ihr nicht, sich selbst zu überzeugen.

»Warum hast du den Unteroffizier weggenommen?«, fragte sie.

Moritz schloss die Figur in seine kleine Faust und hob den Blick. »Geschichte«, sagte er.

## *Der Hirte*

Teil 3

»Du hattest doch eine klare Anweisung!«, tobte Rainald. Er wickelte Stoffstreifen um den Riss in Johannes' Oberschenkel. Der Junge biss sich auf die Lippen und stöhnte. Die Tränen, die seine Wangen herabrollten, kamen vom Schmerz, aber nicht von ihm allein. Rainald hörte sich selbst zu und fragte sich, warum er seiner Erleichterung, dass Johannes nicht schlimmer verletzt war, mit Fluchen und Geschrei Luft machte, anstatt ihn einfach zu umarmen. Der Junge war sein Sohn! Und er war tapfer gewesen, ohne Zweifel.

Er war dumm gewesen.

Er hatte sich und seine Schwester in Gefahr gebracht.

Er hatte eine Anweisung nicht befolgt.

Wieder einmal …

»Wie willst du jetzt weiterkommen mit dem Bein, he?«, schrie Rainald. »Glaubst du, ich kann dich auch noch tragen? Ich muss schon Blanka tragen! Und unsere Sachen!«

»Ich kann etwas tragen«, sagte Schwester Venia.

»Das hab ich gesehen«, schnappte Rainald. »Nehmt

den Jungen nicht in Schutz, er hat verantwortungslos gehandelt!«

»Aber nicht wie ein Feigling!«, sagte Johannes mit heißen Wangen.

»Worüber soll ich mich mehr freuen? Über deine vergangene Feigheit oder deine gegenwärtige Dämlichkeit?«

Johannes keuchte und biss sich auf die Knöchel. Rainald betrachtete seine Hände und sah, dass er den Knoten des Verbands zu stramm zugezogen hatte. Er lockerte ihn wieder. Johannes hatte den Kopf gesenkt und weinte leise. Bevor er sich selbst aufhalten konnte, legte Rainald ihm eine Hand auf den Kopf und tätschelte sein Haar. Johannes schluchzte. Wie oft hatte er den Jungen so getröstet, nachdem Umarmungen und das Vergießen von Tränen an der Schulter des Vaters zu kleinkinderhaft für Johannes' Selbstbewusstsein geworden waren? Aber das war eine Sache aus der Zeit vor jenem Augenblick, in dem Rainald in sein eigenes Spiegelbild geblickt und einen Mann gesehen hatte, der wusste, dass er nie mehr zu dem würde zurückkehren können, was vorher gewesen war, und der sich plötzlich wünschte, zerschmettern, zermalmen, zerstören zu können, um seinen eigenen Schmerz in dem der anderen zu ertränken. Irgendwo in ihm gab es etwas, das ihn bisher daran gehindert hatte, den Weg zu der Bestie in Menschengestalt, die ihn damals aus dem Spiegel heraus angestarrt hatte, zu Ende zu gehen; aber der Weg war da, und er stand mit beiden Beinen darauf und hatte schon eine ziemliche Strecke zurückgelegt. War es der Teil von Sophia, der in seinem Herzen zurückgeblieben war, der ihn aufhielt? Sie fehlte ihm, sie fehlte ihm mehr, als er in Worte fassen konnte. Die trostspendende Berührung Johannes' zerrte die unwiederbringlich vergangenen Zeiten so abrupt in seinem Bewusstsein empor, dass der Schmerz fast so schlimm war wie am ersten Tag. Er zuckte zurück und stand auf.

»Wir nehmen die Furt«, sagte er.

»Was?«, keuchte Schwester Venia.

»Wir können sie erreichen – flussaufwärts, vielleicht eine Stunde Weg.«

»Eine Furt? Wie tief ist sie?«

Rainald zuckte mit den Schultern. »In einem trockenen Sommer schauen die Sandbänke heraus.«

»Wir haben aber nicht Sommer. Es ist Winter. Der Fluss ist tief. Und so kalt wie ein Grab.«

»Kälte bringt einen nicht gleich um.«

»Was glaubst du, warum sich hier eine Fähre etablieren konnte? Weil die Furt das ganze Jahr über begehbar ist? Bestimmt nicht!«

»Ich trage euch alle hinüber.«

»Rainald, du musst uns nach Trier bringen!«

Rainald bückte sich und schnürte das Bündel auf. »Blanka, meine Kleine, wir müssen ein paar Sachen hierlassen. Wir holen sie uns später wieder, einverstanden?«

Schwester Venia stampfte mit dem Fuß auf. Rainald sah verblüfft hoch. Nach ihrem verrückten Angriff auf die Wölfe hätte ihm klar sein sollen, dass sie nicht den blutleeren, vom Beten und Fasten zahm gewordenen Geschöpfen entsprach, die er bislang als Klosterschwestern kennengelernt hatte, aber ihr Zorn überraschte ihn trotz allem.

»Was ist in der Stadt, vor dem du dich fürchtest?«, rief sie. »Geht es nur darum, dass der Vorschlag nicht von dir stammt? Deine Sturheit beleidigt Gott!«

Rainald griff blind in das Bündel und kam mit einer Handvoll von Blankas Besitztümern wieder daraus hervor. »Das lassen wir hier, Blanka, ja?«

Blanka begann zu weinen.

»Wenn du es mir nicht sagen willst, frage ich die Kinder …«

Rainald ließ seine Beute wieder in das Bündel fallen. Sein Blick traf Schwester Venia. Sie machte schmale Augen. »Glaubst du, du kannst mir Angst machen?«, fragte sie leise.

»Noch so ein Vorschlag, und wir sind geschiedene Leute«, sagte Rainald.

»Also gut. Wirst du es mir erklären?«

»Nein.«

»Wirst du uns in Sicherheit bringen?«

»Ja.«

Sie nickte. Plötzlich lächelte sie. »Als du mit deinem Schwert in der Hand den Wölfen entgegengetreten bist, habe ich mir für einen Augenblick gewünscht, ein Krieger zu sein und meine Gefährten mit der Klinge verteidigen zu können«, sagte sie.

Rainald musterte sie, noch immer über den Sack gebückt. »Als ich Euch mit dem Zweig in der Hand sah, wünschte ich mir für einen Augenblick, eine Klosterschwester zu sein und einfach in den Schnee fallen zu dürfen, statt zu kämpfen.«

»Ich war wohl nicht sonderlich effektiv.«

»Ihr habt den Wolf verjagt, der Johannes … er hatte so viel Angst vor Euch, dass er Reißaus nahm.«

»Er war nur nicht darauf gefasst. Ich nehme an, er hatte mich als Nachtisch eingeplant und nicht damit gerechnet, dass das Dessert plötzlich auf ihn losgeht.«

Rainald lächelte. Er spürte es als ein Gefühl, das er verlernt zu haben glaubte. »Ihr hättet ihm bestimmt ein oder zwei Härchen gekrümmt.«

»Was glaubst du, wo die Wölfe sind?«

»Sie haben sich zurückgezogen und formieren sich neu. Der Anführer hat drei von den jungen Burschen vorgeschickt, die sich erst eine Stellung im Rudel erarbeiten müssen. Jetzt weiß er, dass es nicht so einfach ist, mit uns fertig zu werden.« Jedenfalls hoffe ich, dass er es weiß, fügte Rainald in Gedanken hinzu. Oder besser gesagt: Ich hoffe, dass er nicht weiß, wie leicht er tatsächlich mit uns fertig werden kann.

»Bist du schon einmal über die Furt gegangen?«

»Nein. Ich weiß nur, wo sie ist.«

»Wie kommen wir dorthin? Durch den Wald?«

Rainald nickte. »Die Bäume gehen bis zum Ufer. Ich glaube, die Wölfe werden uns dort nicht angreifen.«

»Weshalb nicht?«

»Sie haben uns die ganze Zeit über nicht angegriffen; erst, als wir im Freien bei der Hütte waren. Sie wollen uns auf dem offenen Feld stellen. Zwischen den Bäumen kann das Rudel seine Taktik nicht entfalten, die Beute zu Tode zu hetzen.«

»Du hast auch geglaubt, dass sie uns niemals in der Nähe einer menschlichen Behausung anfallen würden.«

»Ja«, sagte Rainald. »Da habe ich mich getäuscht.«

Schwester Venia sah ihm in die Augen. Nach einem Moment lächelte sie erneut, aber flüchtiger als zuvor.

»In deine Hände befehle ich meinen Geist«, sagte sie. »Geh nicht leichtfertig damit um.«

»Ich bringe Euch und die Kinder in Sicherheit«, brummte Rainald und wandte sich ab. »Blanka, was lassen wir denn nun von den Sachen hier, verdammt noch mal?«

* * *

Das Geheul der Wölfe folgte ihnen lange auf ihrem Weg durch knietiefe Schneeverwehungen, unter denen sich abgebrochene Äste vom letzten Herbststurm und herabgefallenes Gezweig versteckten. Als es endlich verstummte, fühlte Rainald sich beinahe noch beklommener als zuvor. Sie stolperten und taumelten mehr, als dass sie gingen. Rainalds Arme waren wie tot vom Gewicht Blankas; dass sie allen Erwartungen zum Trotz an seiner Schulter eingeschlafen war, machte die Sache nicht leichter. Johannes folgte Rainald dicht auf, humpelnd und zuweilen ächzend, aber er kam voran. Rainald suchte nach der Wut auf ihn und fand stattdessen Stolz. Schwester Venia machte den Abschluss. Er hatte gedacht, dass sie irgendwann ein Lied anstimmen würde, um ihnen allen Mut zu machen; stattdessen hatte sie bereits zweimal »Verflixt!« gemurmelt, als sie in den Schnee gefallen war, und einmal hatte Rainald sie unter ihrem Atem »Miststück!« sagen hören, als ein Ast hochschnellte und ihr beinahe eine Ohrfeige gegeben hätte. Er war höflich genug gewesen, sich nicht zu ihr umzudrehen, und ahnte, dass sie, wenn er es doch getan hätte, ihn nur herausfordernd angefunkelt hätte. Er lächelte beim Gedanken daran.

»Hier geht's zur Furt«, sagte Rainald und bog ab.

»Es sieht hier nicht anders aus als an allen Stellen, an denen wir schon vorbeigekommen sind«, erklärte Schwester Venia. Sie stemmte die Hände in die Hüften und sah sich nach allen Seiten um. »Tatsächlich könnte ich nicht mal beschwören, dass wir hier nicht schon einmal waren.«

»Keine Sorge«, sagte Rainald. »Kommt jetzt.«

»Nein, ernsthaft. Woran hast du die Abzweigung erkannt?«

Rainald holte zu einer barschen Antwort aus, als sein Blick auf Johannes fiel. Der Junge keuchte und war totenblass. Er drückte die Hand auf den Verband über seiner Wunde und biss sich auf die Lippen. Rainald sah zu Schwester Venia hinüber, die ihn unverwandt anstarrte. Zu seinem eigenen Erstaunen hörte er sich sagen: »Seht Ihr diesen Baum hier? Der ist ... äh ... hier an der Rinde ... das sieht aus wie ein Auge, seht Ihr?«

»Stimmt«, sagte Schwester Venia.

Rainald beobachtete aus dem Augenwinkel, wie Johannes sich langsam aufrichtete und ausatmete. Er nahm die Hand von der Wunde.

»Das Auge sieht genau in die Richtung ... äh ... in die Richtung, von der man sich eine Vierteldrehung abwenden muss, um zu wissen, wohin es zur Furt geht.«

»Erstaunlich.«

Johannes schloss die Augen und holte tief Atem. Etwas Farbe kehrte in sein Gesicht zurück. Blanka murmelte etwas im Schlaf. Rainald drückte sie an sich. Johannes öffnete die Augen wieder und sah sich um.

»Dann los«, sagte Schwester Venia.

Rainald nickte. »Alles klar bei dir?«, fragte er Johannes.

»Mir geht's gut. Du musst mich bestimmt nicht tragen!«

»Oh, Verzeihung«, sagte Rainald. Er wandte sich ab, bevor das Gefühl, dass er und Johannes sich jemals wieder würden versöhnen können, zu mächtig wurde. Es gab Fehler, die konnten nicht verziehen werden, nicht einmal vom eigenen Vater. Johannes stapfte mit gesenktem Kopf an ihm vorbei. Rainald folgte ihm den beginnenden Abhang hinunter, an dem er oft genug vorbeigekommen war, um zu wissen, dass an seinem Fuß die Furt lag, deren Existenz er bisher vor allen hatte geheim halten können und die zu finden es keiner Augen auf Baumrinden bedurfte, schon gar nicht, wenn der Wald hier mit Buchen durchsetzt war und augenförmige Flecke sich an jedem zweiten Baum fanden. Er hatte die Geschichte nur erfunden, um Johannes Zeit zu geben, sich unauffällig zu erholen.

Rainald pflügte durch den Schnee und sah den Wölkchen zu, die vor seinem Mund verpufften wie der Funken guter Laune in seinem Herzen.

»Da drüben ist die Furt«, sagte er.

* * *

»Es ist Wahnsinn!«, sagte Schwester Venia. »Warum kannst du das nicht einsehen?«

Rainald stocherte mit einem langen Ast im Fluss herum. Das Ufer war glitschig, von Eisplatten überzogen und mit Wurzeln durchsetzt. Die Kinder saßen auf Rainalds Pelz an einen Baumstamm gelehnt; Blanka döste unruhig, und Johannes fummelte an seinem Verband herum. Schwester Venia stand mit der für sie üblichen gelassenen Grazie hart am Ufer und schien keinerlei Befürchtung zu hegen, dass sie hineinfallen könnte. Rainald stolperte am Ufer entlang, stieß mit dem Ast ins Wasser und schwitzte, obwohl ihm kalt war.

»Sie muss hier irgendwo sein«, sagte er verbissen. Der Ast stieß auf ein Hindernis, das zuerst nachgab und dann Widerstand leistete: Kies. Er zog ihn zurück und stieß ihn in einem losen Kreis um die Stelle herum wieder in den Fluss. Das Ergebnis war das Gleiche. »Na also«, knurrte er. Er zog den Ast heraus und musterte die Länge, die nass war.

»Das geht dir bis über die Hüfte«, sagte Schwester Venia. »Wie sollen wir da hinüberkommen?«

»Es ist nicht so tief. Der Ast ist nass von vorhin, als ich keinen Grund gefunden habe.«

Die Klosterschwester verdrehte die Augen. »Hast du schon einmal versucht, Berge zu bewegen?«

Rainald warf ihr einen wütenden Blick zu.

»Mit deinem Glauben, dass das, was du dir wünschst, zur Wahrheit wird, könntest du ganze Landstriche umformen.«

»Wenn ich das könnte, wären wir nicht hier.«

»Nein? Wo wären wir dann?«

»Ich weiß nicht, wo Ihr wärt. Wir und die Kinder wären …« Rainald brach ab.

Schwester Venia sah ihn so lange an, bis er den Blick senkte. Aus dem Augenwinkel sah er sie nicken. Sie lächelte. Er wollte aufbegehren, doch das Lächeln war weder verächtlich noch mitleidig. Es wirkte fast, als habe sie die Hand ausgestreckt, um die seine kurz zu drücken. Er räusperte sich.

»… anderswo«, vollendete er lahm. »Wir wären … anderswo.«

Er wandte sich ab und steckte den Ast erneut ins Wasser. Dann zog er ihn heraus und stellte ihn neben sich auf den Boden. Der nasse Teil des Astes reichte bis an seinen Oberschenkel. »Kein Problem«, sagte er.

Schwester Venia sagte nichts. Sie trat beiseite, als er den höher gelegenen Teil des Ufers erklomm, und sah ihm zu, wie er die Stiefel auszog und die Pelzlappen von seinen Füßen wickelte. Als er mit seinen bleichen Füßen barfuß im Schnee stand und die Zehen wegen der Kälte einkrümmte, fühlte er sich so verlegen, als habe er sich nackt ausgezogen. Sie schien seine Verlegenheit zu bemerken; sie drehte sich wortlos um und stapfte zu den Kindern hinüber. Rainald sah, wie Johannes den Kopf hob und zu ihr emporlächelte; ärgerlich konzentrierte er sich darauf, die ledernen Beinlinge aufzuschnüren und so weit über die Knie hochzurollen, wie er konnte. Er war unangenehm überrascht, wie schnell seine bloßen Füße in der Kälte zu schmerzen begannen. Er hatte in den Stiefeln gefroren und nicht gedacht, dass es noch schlimmer werden konnte. Er krempelte die Leinenhose unter den Lederbeinlingen nach oben, bis sich Stoff und Leder über seinen Knien ballten und zu drücken begannen. Als er zuletzt aufsah, begegnete er Blankas fassungslosem Blick.

»Warum ziehst du dich aus, Papa?«, fragte sie. »Frierst du nicht?«

»Ich ziehe mich nicht ganz aus. Nur die Stiefel und die Hosen.«

»Willst du durch den Fluss waten?«, fragte Johannes.

»Hast du was dagegen?«

»Wir könnten ein Seil ans andere Ufer hinüberschleudern, das würde dir Halt geben.«

»Und womit, du Schlauberger? Hast du Pfeil und Bogen? Oder ich? Hat Schwester Venia eine Armbrust unter dem Habit versteckt?«

»Wir könnten das Seil an deinem Schwert befestigen. Dann besteht auch eine gute Chance, dass es sich drüben im Gebüsch verkeilt.«

»Ich kann das Schwert nicht so weit schleudern«, sagte Rainald etwas ruhiger.

»Es käme auf einen Versuch an«, sagte Johannes und sah sich suchend um. Rainald ballte die Fäuste.

»Außerdem habe ich das Seil bei der Fähre zurückgelassen«, murmelte er. Er kam sich vor seinem eigenen Sohn so dumm vor, dass der Zorn wieder in ihm emporstieg. Johannes zog die Augenbrauen hoch. Rainald versuchte die scharfen Bemerkungen, die ihm als Antworten auf Johannes' unvermeidliche Kritik durch den Kopf schossen, abzumildern.

»Wer hätte auch gedacht, dass wir es brauchen«, sagte Johannes stattdessen. »Tut mir leid, ich wusste das nicht.«

Rainald blinzelte. Johannes nestelte an seinen Stiefeln herum. »Ich begleite dich«, sagte er.

Glaubst du, du kannst dich auf den Beinen halten in der Strömung, du halbe Portion?, wollte Rainald erwidern. Doch tatsächlich hörte er sich sagen: »Das war eine gute Idee, Johannes. Sie scheitert an meiner eigenen Dummheit. Und nein, du wirst mich nicht begleiten. Es ist zu gefährlich.«

Johannes machte ein unglückliches Gesicht.

»Es ist auch für dich zu gefährlich«, sagte Schwester Venia. »Gehen wir nach Trier.«

Rainald packte den Ast, rammte ihn ein paarmal probehalber in den Boden und stieg dann wortlos ins Wasser.

Die Kälte ließ ihn nach Luft schnappen. Es gab tatsächlich noch etwas Kälteres als den Schnee. Das Wasser hätte sich eigentlich wärmer anfühlen müssen, aber es tat es nicht. Seine Zehen begannen zu prickeln, als ziehe jemand ein Nadelkissen darüber. Die Steine auf dem Flussboden waren schlüpfrig. Er rutschte schon nach den ersten zögernden Schritten ab und musste sich auf den Ast stützen. Das Wasser spritzte auf und in sein Gesicht, wo es brannte wie Feuer. Er wechselte den Griff am Ast. In seinen Fußsohlen drückte jetzt ein dumpfer Schmerz zusätzlich zum Prickeln der Kälte, wo er sich an den Steinen angestoßen hatte. Er blickte über die Schulter; er hatte eine erbärmliche Strecke zurückgelegt. Mit einem Stock hätte selbst Blanka ihn vom Ufer aus antippen können. Rainald biss die Zähne zusammen, mied die Blicke seiner drei Gefährten und watete weiter.

Als das Wasser ihm über die Knie ging und begann, seine Hosen zu durchnässen, gewann die Kälte eine neue Qualität. Rainalds Füße waren gefühllos, nur dort, wo die Steine gegen seine Sohlen drückten, spürte er einen Schmerz, von dessen Intensität er erstaunt war.

Er hatte noch nicht einmal ein Viertel der Strecke geschafft. Wenn er sicher drüben angekommen war, bedeutete das nichts weiter, als dass er wieder zurückmusste, um danach Blanka, Johannes und Schwester Venia über den Fluss zu tragen. Plötzlich wusste er, dass er es nicht schaffen würde, insgesamt vier Mal über den Fluss zu gehen; er würde es noch nicht einmal das erste Mal schaffen. Er blieb stehen, auf seinen Ast gestützt, und drehte sich um. In diesem Moment hielt ihn nur die Kälte des Wassers davon ab, auf die Knie zu sinken und sich einfach seitwärts in den Fluss gleiten zu lassen.

Blanka und Johannes standen hart am Ufer und starrten zu ihm herüber. Schwester Venia hielt sich abseits, aber auch ihr Blick ruhte auf ihm. Sie nickte und formte mit den Lippen unhörbare Worte: Komm zurück.

Es gibt Weisungen, denen folgt der Körper, wenn der Geist nicht klug genug ist, sie auszuführen. Dies war eine davon. Rainald hatte das Gefühl, sich selbst dabei zuzusehen, wie er sich auf den Rückweg machte, geschlagen von einem ruhig dahinströmenden Fluss, den er im Sommer durchschwommen hätte, ohne sich danach anders als erfrischt zu fühlen. Am Ufer angekommen, schleppte er sich zu seinem Pelz und ließ sich darauf niederfallen.

Seine Füße waren fast weiß; als er sie in die Hände nahm, war er entsetzt, wie kalt sie sich anfühlten und dass seine klammen Hände überhaupt in der Lage waren, noch mehr Kälte zu spüren. Er drückte das starre Fleisch zusammen und ächzte vor Schmerz. Als er die Zehen zu bewegen versuchte, dauerte es eine Weile, bis die halberfrorenen Gliedmaßen in der Lage waren, dem Befehl des Gehirns nachzukommen.

»Die Pelze, Kinder«, sagte Schwester Venia.

Blanka und Johannes zogen die Pelzlappen, mit denen Rainald sich in den Stiefeln geschützt hatte, unter ihrer Kleidung hervor und begannen, seine Füße einzuwickeln. Die Körperwärme war zugleich angenehm und schmerzhaft. Rainald sah seinen Kindern dabei zu, wie sie seine Füße einpackten, seine Stiefel holten und ihn hineinschlüpfen ließen. Er sagte kein Wort. Er fühlte sich zutiefst gedemütigt.

»Kein Grund, sich klein zu fühlen«, sagte Schwester Venia, als habe sie seine Gedanken gelesen. »Sich helfen zu lassen, ist ein Zeichen von Größe.«

»Ich habe versagt«, flüsterte Rainald.

Sie zuckte mit den Schultern. »Weil du den Fluss nicht überqueren konntest? Das hätte niemand geschafft.«

Rainald schüttelte den Kopf. »Ich habe versprochen, euch in Sicherheit zu bringen. Ich habe versagt.«

»Bring uns in die Stadt. Dann hast du dein Versprechen erfüllt.«

»Ihr habt euch darauf verlassen, dass ihr unter meiner Obhut in Sicherheit wärt. Ich habe versagt. Damals wie heute.«

»Was ist passiert, Rainald?«

Rainald blickte auf. Er fühlte seine Augen überlaufen, aber für diesen einen Augenblick war er zu schwach, um sich dessen zu schämen. Er nahm ihr Gesicht wie durch ein geschliffenes Glas wahr, ihre entschlossen geschwungenen Brauen, ihre dunklen Augen, ihre gerade, elegante Nase, ihren Mund, dessen Lippen blass und rissig und doch feingeschnitten waren: Das Gesicht einer Aristokratin, einer zweiten oder dritten Tochter eines Barons, deren Aussteuer nur für das Kloster gereicht hatte und die daran nicht zerbrochen, sondern gewachsen war, die aus dem Leben genommen worden war und dem Leben doch nicht entsagt hatte. Er hingegen … er hatte nicht nur entsagt, er war am Leben verzagt.

Er wandte den Blick ab von ihrer ruhigen Zuversicht und starrte den Fluss hinunter; gerade rechtzeitig, um den Schatten zu sehen, der von einem halb in den Fluss ragenden Baumstamm herunterglitt und mit der Düsternis unter den Bäumen eins wurde.

* * *

Aus Rainalds Gedächtnis stieg Dielsdorfers Gestalt empor. Dielsdorfer, der Kaufmann; Dielsdorfer, der Ratsherr. Mit ihm kam die Erinnerung an Sommerwärme, an den Geruch von Essen und Blumen, an das Geknatter der Fahnen und Stoffbahnen, die von seiner Burg hingen und in der Brise tanzten.

Er sah Dielsdorfer, wie er die Gesandtschaft aus Trier anführte, sich vor Rainald und Sophia verbeugte, dann mit lässiger Geste den Strom aus Willkommensgeschenken dirigierte, die die Städter vor Rainald und Sophia ausbreiteten (es war ein Haufen Spielzeug dabei, so unübersehbar wie Sophias gerundeter Bauch – Johannes' Geburt war nicht mehr fern). »Es ist schön, wieder einen neuen Herrn hierzuhaben, der für die Sicherheit unserer Wege sorgt«, hörte Rainald Dielsdorfer sagen. »Ich hoffe, die Stadt Trier wird sich als guter Verbündeter und treuer Freund des Herrn von Mandach erweisen, wenn es einmal nötig sein sollte.«

Rainald klopfte ihm auf die Schulter und fuhr dann überrascht zusammen, als die Musiker, die sich zwischen den Städtern versteckt hatten, plötzlich auf ihren Schalmeien zu pfeifen und zu trommeln begannen ... Dielsdorfer grinste über seinen eigenen Scherz wie ein gutgelaunter Teufel ... und das Getrommel trug Rainalds Erinnerung über zehn Jahre mit sich fort, trug sie in den vergangenen Sommer und setzte sich dort fort, nur dass es das Trommeln von Caesars Hufen auf dem Waldboden war.

Caesars Wiehern riss die gedämpfte Geräuschkulisse aus Vogelgesang, quietschenden Wagenrädern, dem langsamen Schritt und der gemurmelten Unterhaltung eines Dutzends Männer, Knechte und Fuhrleute auf. Der Wagentreck in der Senke geriet ins Stocken, die Männer starrten ihn an. Dann fuhren sie herum und nahmen unwillkürlich Abwehrhaltung gegen die andere Seite ein, und Rainalds Magen drehte sich um. So hätte es sein sollen – wenn der Herr über den Straßenabschnitt, den sie gerade befuhren, mit gezücktem Schwert aus dem Wald gesprengt kam, dann geschah es in Erfüllung seiner Pflicht, die Straße sicherzuhalten; und dann lag es nahe, dass sich von der anderen Seite das Gesindel näherte. Das Gesindel bin ich, dachte Rainald. Dann war er unter ihnen, noch bevor sie sich wieder umwenden konnten, Caesar rempelte sie beiseite wie Lumpenpuppen, die Breitseite von Rainalds Schwert knallte dem berittenen Anführer der Bewaffneten ins Gesicht und warf ihn aus dem Sattel, und noch ehe jemand eine weitere Bewegung machen konnte, riss Rainald an den Zügeln, Caesar kam schlitternd zum Stehen und die Spitze von Rainalds Klinge zum Halt am Hals des Anführers des Trecks. Alles erstarrte.

»Wenn ihr seinen Kopf nicht rollen sehen wollt, lasst die Waffen fallen«, keuchte Rainald unter seinem Visier hervor. Es schien, als würde er keine Luft bekommen. Was soll's, dachte er halb erstickt, irgendwann wird es ihnen sowieso klar. Er klappte das Visier nach oben und atmete krampfhaft ein. Die Augen des Mannes weiteten sich, als er Rainald erkannte.

»Herr von Mandach«, hauchte er.

»Ratsherr Dielsdorfer«, sagte Rainald und nickte. Dann hob er die Stimme: »Es muss keine Verletzten geben, wenn alle vernünftig sind!« Der Anführer der Wache spuckte fluchend einen Zahn aus. »Ich habe ein halbes Dutzend Männer mit Bögen im Wald versteckt. Jeder von ihnen hat sich bereits einen von euch als Ziel ausgesucht.«

»Was habt Ihr vor?«, fragte Dielsdorfer.

Rainald verzog das Gesicht zu einer Grimasse. »Ich nehme mir, was euch gehört«, sagte er.

* * *

Rainald blieb am Rand der Lichtung stehen. Sie zog eine weite Schneise durch den Wald, in der nur hier und da dünne Bäumchen standen, als habe eine gewaltige Sense eine Spur von der Breite eines halben Dorfs in die Landschaft gemäht. Rainald wusste, dass unter dem Schnee und einer dünnen Lage aus verfaulenden Blättern und Zweigen nackter Fels zutage trat, auf dem nur stellenweise Bäume wachsen konnten. Er kannte mehrere solcher Stellen; sie waren wie Narben auf der Haut des Landes. Eine zu regelmäßige Ansammlung von Formen unter der Schneedecke bewies, dass Menschen vor langer Zeit gedacht haben mussten, die Lichtung sei ein idealer Siedlungsort. Die Ruinen sagten: Wir sind von Menschenhand geschaffen worden. Ein Weiler mochte hier gestanden haben, vielleicht auch nur Köhlerhütten. Die Ruinen sagten: Wer hier versucht hat zu leben, hat aufgegeben. Rainald musterte die zerfallenden Mauerreste unter ihrem Leichentuch aus Schnee; hier hatte sich das Versagen manifestiert.

»Eine freie Fläche …«, sagte Schwester Venia. Rainald hörte die Frage, die sie ihm zwischen den Worten stellte: War es eine Fläche, in der die Wölfe angreifen würden?

Das Geheul hatte sich nicht wieder hören lassen. Er hatte niemandem von dem Schatten erzählt, den er am Fluss zwischen die Bäume hatte gleiten sehen. Natürlich jagten die Wölfe sie weiterhin; sie taten es nur stumm. Es bestand kein Bedarf mehr, untereinander zu kommunizieren. Die Jäger hatten die Beute gesehen, gerochen, mit all ihren Sinnen erfasst. Sie würden sie nicht mehr verlieren.

Es war eine Fläche, in der die Wölfe angreifen würden. Rainald wusste es so sicher, wie er wusste, dass sein zielloses Herumstapfen seit ihrem Aufbruch von der Furt sie in unregelmäßiger Bewegung näher an die Stadt heranbrachte, obwohl er es nicht wollte. Was alles andere betraf, war er ratlos. Dass die Lichtung einst von Menschen bewohnt gewesen war, hätte normalerweise bedeutet, dass das Wolfsrudel sie mied. Doch dies war kein normales Wolfsrudel und ihr Anführer kein Wolf. Ein Hund konnte seine Treue und seine Pflicht gegenüber den Menschen vergessen und zu einer wilden Bestie werden, aber eines vergaß er nicht: dass es weder vor einer gerodeten Fläche noch vor einer Handvoll unbewaffneter Flüchtlinge ernsthaft etwas zu fürchten gab. Rainald sah sich außerstande nachzuvollziehen, was die Wölfe tun würden, so wie er auch keine Idee hatte, was er und seine kleine Gruppe als Nächstes tun sollten. Die letzte halbe Stunde war nichts weiter gewesen als die Flucht vor der Tatsache, dass er mit seinem Latein am Ende war, dass er sich der Kinder und Schwester Venias wegen in Richtung auf die Stadt in Marsch setzen musste und dass er ein toter Mann war.

»Ich glaube, die Wölfe haben genug«, sagte Johannes. »Sie haben Angst, seit du zwei von ihnen niedergestreckt hast. Sie haben aufgegeben.«

Rainald begegnete Schwester Venias Blick. Sie wusste ebenso gut wie er, dass die Hoffnung eitel war.

»Komm, Blanka«, sagte er und bückte sich. »Ich trag dich wieder.«

Blanka war seit der missglückten Flussüberquerung

neben ihnen hergestolpert. Im Wald lag der Schnee unregelmäßig, dort zu Wehen aufgehäuft, hier nur als feiner Belag; ihren kurzen Beinen war es leichter gefallen, dort vorwärtszukommen als im Freien am Flussufer. Sie hatte den Verlust ihrer Schätze mit Fassung getragen. Lediglich den Ritter, der kopfüber im Schnee gesteckt hatte, hatte sie an sich genommen, und nach kurzer Suche, während derer Rainald seine Kleidung wieder in Ordnung gebracht hatte, die zu ihm gehörende weibliche Puppe. Eigentlich waren beide als König und Königin gedacht gewesen in einer Sammlung weiterer Spielfiguren, die zu schnitzen Rainald irgendwie nie die Zeit gefunden hatte. Allein, wie sie waren, hatte Blanka sie kurzerhand zu einem Ritter mit seiner Frau ernannt, und Rainald vermutete, dass er die Namen kannte, die sie ihnen gab, wenn sie im Stillen mit ihnen spielte: Rainald und Sophia. Beide Figuren steckten jetzt einsam in Blankas Gürtel als sichtbares Symbol dafür, was alles verlorengegangen war.

»Wir könnten außen herum gehen«, sagte Schwester Venia.

»Ja«, sagte Rainald und trat in die Lichtung hinaus. Er musste nicht hinzufügen, dass er überzeugt war, dass die Wölfe sie früher oder später stellen würden, und jede Minute, um die dieses Zusammentreffen verzögert wurde, schwächte Rainalds Kräfte.

Der Himmel war mittlerweile merklich dunkler geworden, eine bleigraue, einheitliche Fläche, aus der unablässig Flocken taumelten. Das Licht reichte noch für eine, höchstens zwei Stunden. Sobald die Nacht anbrach, würde ihr Schicksal besiegelt sein. Hier draußen auf der

Lichtung wehte ein schwacher Wind, der keinen Geruch mit sich trug außer dem von Schnee. Rainald hörte das Knirschen seiner Schritte und das Knacken der Zweige, die unter der Schneedecke lagen. Johannes trottete hinter ihm her. Schwester Venia machte den Abschluss. Rainalds Blicke wanderten über die Lichtung, blieben an jedem Schatten, an jeder Bodenunebenheit, an jeder Verfärbung hängen und versuchten sie zu durchbohren. Schatten konnten sich in Wölfe verwandeln, das wusste er nun.

Sie passierten einen knorrigen, halbhohen Baum mit rissiger Borke. Rainald blieb stehen und ermaß die Umgebung. Sie hatten vielleicht ein Drittel der Strecke über die Lichtung zurückgelegt. Nichts rührte sich außer dem leisen Schwanken der Zweige. Der Wind blies nicht stark genug, um den feuchten Schnee aufzuwirbeln. Blanka wand sich in seinem Griff, um bequemer zu sitzen und selbst herumspähen zu können. Der Baum sah aus wie ein alter, bereits halb gefallener Obstbaum, der eine Lücke im Fels gefunden hatte, durch die er seine Wurzeln bohren konnte. Eine ganze Strecke weit von ihm entfernt, fast schon am jenseitigen Waldrand, stand ein zweiter. Sie hatten nicht ausgereicht, um den früheren Bewohnern ein Überleben zu ermöglichen. Mit dem Schnee in den Astgabeln und ihren bizarren Gestalten sahen beide aus, als seien auch seine Tage bereits gezählt. Schwester Venia schloss zu ihm auf.

»Die Stille ist schlimmer als das Geheul«, sagte sie.

Sie war blass, doch sie schien besser bei Kräften zu sein als Johannes, der keuchte. Rainald wurde bewusst, dass er so schnell über die freie Fläche geeilt war, dass der

Junge fast hatte laufen müssen, um Schritt zu halten. Er knurrte etwas. Er deutete auf den zweiten einzeln stehenden Baum. »Das ist unser nächstes Ziel«, sagte er.

Sie nickte. Ihrem Blick konnte er entnehmen, dass sie wusste, warum er die Strecke so legte. Wölfe konnten nicht klettern. Bei einem Angriff mochte ein erreichbarer Baum zunächst die Rettung sein.

Sie waren auf halbem Weg zwischen beiden Bäumen, als Blanka plötzlich auffuhr. Ihr Gesicht verzerrte sich. Sie deutete über Rainalds Schulter nach hinten.

»Mama!«, schrie sie.

Rainald fuhr herum. Blanka wand sich, bis ihr Finger erneut in die vorherige Richtung zeigte. »Mama!«, rief sie noch einmal und begann zu weinen. Sie deutete direkt auf Schwester Venia.

Die Klosterschwester starrte Rainald und Blanka an. Ihr Gesicht zuckte. Dann trat sie beiseite, drehte sich um und folgte Blankas Finger mit den Augen. Rainald, der sein Herz im Hals klopfen spürte, kniff die Augen zusammen. Etwas Kleines, Undefinierbares lag neben der Spur, die sie in den Schnee gezogen hatten. Rainald blickte auf Blankas Gürtel. Nur noch der Ritter steckte darin.

»Oh nein«, flüsterte er.

»Ich laufe zurück und hole die Puppe«, sagte Schwester Venia.

»Nein!«, rief Rainald. »Wir bleiben zusammen.«

»Sie braucht sie.« Schwester Venia raffte ihren Habit und eilte mit weit ausholenden Schritten zurück.

In Rainalds Augen schien der alte Obstbaum immer

weiter zurückzuweichen und ihre Spur sich zu dehnen und fortzustreben, während Schwester Venia keinen Schritt vorwärtskam. Er bildete sich ein, einen scharfen Befehl zu hören, aber in Wirklichkeit kamen die Wölfe vollkommen schweigend unter den Bäumen hervor und rannten auf sie zu.

* * *

Der zweite Baum war Rainald und den Kindern näher als der erste. Schwester Venia wiederum mochte die halbe Strecke zwischen beiden zurückgelegt haben. Rainald und Johannes wechselten einen Blick, und auch wenn der Blick weniger als einen Herzschlag lang dauerte, lag doch die Bedeutung von Monaten und ein Berg aus Enttäuschung, Hass und Verzweiflung darin. Dann wirbelte Rainald herum, packte Johannes' Mantel, umklammerte Blanka noch fester und begann, auf den zweiten Baum zuzuhasten. Seine Beine schrieen bei jedem Schritt auf, Blanka, die zappelte und weinte, war das Gewicht der Welt in seinem Arm. Sein Atem flog schon nach wenigen Schritten. Er glaubte, das Gehechel der Wölfe und das Trommeln ihrer Pfoten zu hören, und meinte, die ersten schon an seinen Fersen zu spüren. Den Schrei, mit dem Schwester Venia fiel, vernahm er mehr mit dem Herzen als mit dem Gehör, ebenso wie das Knurren und Japsen der Wölfe und das Reißen der Kleidung und Schwester Venias Stöhnen. Er rannte in den Baum hinein, dass er zurückprallte und zu Boden ging. Er wusste nicht, dass er vor Wut, Entsetzen und Scham gleichermaßen brüllte, weil er die junge Frau schutzlos den Wölfen überlassen hatte und weil es das Einzige war, was er hatte tun können, wenn nicht er und die Kinder den Wölfen ebenfalls zum Opfer fallen sollten. Brüllend und stöhnend kam er auf die Beine, zerrte Blanka aus dem Schnee und warf sie auf einen Ast über seinem Kopf. Johannes krabbelte allein hinauf, mit pfeifendem Atem, leichenblassem Gesicht und weit aufgerissenen Augen. Rainald packte ihn am Genick und schob ihn auf den gleichen Ast wie Blanka, schrie: »Hinauf, hinauf!«, schob seinen Sohn in die Höhe, als dieser nach dem nächsthöheren Ast griff, bog Blankas verzweifelt sich an ihren Halt krallende Finger auseinander und schob sie Johannes hinterher, der zugriff und sie nach sich zog wie ein Lumpenbündel. Blanka kreischte mit geschlossenen Augen und schüttelte den Kopf. Johannes stöhnte.

»PAPA!«, schrie er.

Doch Rainald wirbelte herum, zog das Schwert, presste den Rücken an den Baumstamm und machte sich daran, so viele Wölfe wie möglich mit in den Tod zu nehmen.

* * *

Der erste war ein schlanker Schatten, der durch die Luft flog. Rainald sah ihn als die Lanze, die der Seldschuke auf dem Pferd gehalten hatte, als Rainald und sein Schwager sich vor den Stadtmauern Iconiums Rücken an Rücken verteidigten. Es gab keine Ausbildung für den Kampf gegen Wölfe, aber es gab eine für den Kampf gegen einen bewaffneten Gegner, und die Regeln waren gleich. Rainalds Schwert zuckte hoch, durchschlug den Lanzenschaft, seine Füße machten die nötigen Tanzschritte von allein, das Schwert zuckte wieder herunter, und hinter Rainald und Wolfram brach das Pferd des Seldschuken in die Knie, warf seinen Reiter ab und blieb liegen.

Der zweite Reiter war schon zu nahe. Wolfram und Rainald stoben auseinander, Rainald hechtete zur Seite und kam mit einer Rolle wieder auf die Beine, sah, wie der Reiter versuchte, im vollen Galopp die Zügel herumzureißen, sah, wie das Pferd stolperte, ließ es halb an sich vorbeirasen und schlug dann zu, sah etwas Rundes in einem Helm davonfliegen und einen Körper zu Boden stürzen. Dann verwandelte sich alles in einen Wirbel, der Geist löste sich vom Körper, weil er nicht mehr Teil dieser großen Schlächterei sein wollte, obwohl er Mittelpunkt und Auslöser einer nicht minder großen Schlächterei inmitten all der Gewalt eines riesigen Kampfes war. Er sah Gestalten um sich herum heranrennen, springen, fallen, liegen bleiben … er sah, wie Wolfram unter dem Ansturm mehrerer Gegner zu Boden ging, doch Wolfram trug statt seines Waffenrocks den Habit einer Klosterschwester; er streckte einen Angreifer nieder und sah ihn über den Sand rollen, doch der Sand war weiß und pulvrig, und der Angreifer trug ein graues Fell statt eines Kettenpanzers. Er hätte das Kriegsgebrüll und das Wiehern der Pferde und die Befehle und das Aufprallen von Klingen auf Schilde und das schreckliche Zischen der Pfeile hören sollen, doch stattdessen hörte er nur ein qualvolles schnelles Hämmern, das das Hämmern seines Herzens war, und sein eigenes Keuchen. Schließlich gaben seine Knie nach, und er fiel vornüber in den Sand. Der Sand war kalt. Er starrte auf den Körper Wolframs, der schmaler war, als er ihn Erinnerung hatte, noch immer den schwarz-weißen Habit trug und zu still lag, viel zu still. Er spürte, wie sein Bewusstsein zu schwinden drohte, und ihm fiel ein, dass es nicht weiter schlimm war, denn Caesar würde ihn aufwecken und davontragen, bevor die Todeskrähen des Schlachtfelds mit ihren gnädigen Messern kamen. Gleich darauf fiel ihm ein, dass Caesar tot war, dass er ihn selbst vor der kleinen Kapelle im Wald getötet hatte, und das Rütteln an seiner Schulter befremdete ihn, weil er sich nicht erklären konnte, woher es kam. Er kroch davon, packte den toten Wolfram bei der Schulter und drehte ihn um (zu leicht, sein Körper war nicht nur zu schmal, sondern auch zu leicht), schob den verrutschten Nonnenschleier beiseite und stierte ihm ins Gesicht.

Das Gesicht seiner toten Frau starrte ihn an, mit weit aufgerissenen Augen.

Die Augen waren gelb.

Wolfsaugen.

* * *

»Papa!«

Rainald schloss die Augen und holte Atem. Ihm schien, als wäre es der erste Atemzug nach Stunden des Luftanhaltens. Die Welt um ihn herum wurde stofflicher und der Boden realer. Er blinzelte. Johannes stand neben ihm, zerrte an seiner Schulter und musterte ihn voller Angst.

»Papa, sie sind weg.«

Rainald wandte den Blick ab und suchte den Körper zu seinen Füßen. Es war ein Wolf. Er war tot. Der Schnee um ihn herum war rot. Johannes zerrte weiter an der Schulter seines Vaters, und Rainald schaffte es irgendwie, erst ein Bein und dann das andere anzuziehen und aus seiner knienden Position in die Höhe zu kommen. Schwankend blieb er stehen. Sein Körper fühlte sich wund und roh an. Er wandte langsam den Kopf.

Mit dem Wolf zu seinen Füßen waren es sechs, die verstreut um ihn herum lagen. Keiner von ihnen atmete noch. Rainald blinzelte erneut. Schluchzen drang in sein Ohr, und er drehte sich um wie ein Mann unter Wasser. Blanka kauerte auf dem Ast über ihm. Er streckte sich, ächzte, als der Schmerz durch seine Glieder fuhr, und griff nach ihr. Er musste sie fast mit Gewalt vom Baum pflücken, und als ihr Gewicht in seinen Armen lag, taumelte er.

»Du hast sie alle vertrieben, Papa«, sagte Johannes.

»Schwester Venia …«, sagte Rainald mit einer ihm fremden Stimme. »Ich habe sie im Stich gelassen. Ich habe sie nicht … ich habe stattdessen …«

Er hatte stattdessen seine Kinder in Sicherheit gebracht. Während die Wölfe die junge Frau getötet hatten, hatte er dafür gesorgt, dass seinen Kindern nichts geschah. Er sah plötzlich einen kleinen Jungen vor sich, der sich in eine Truhe kauerte, ein noch kleineres Mädchen in den Armen, der er den Mund zuhielt, damit sie nicht schreien konnte, und der sich deshalb die Ohren nicht zuhalten konnte, um die anderen Schreie von außerhalb der Truhe auszusperren, die Schreie seiner Mutter. Der Junge hatte getan, was ihm das Richtige erschienen war, hatte das Einzige getan, wozu er in der gewesen Lage war. Rainald hatte ebenfalls das getan, was ihm möglich war. Die andere Alternative wäre gewesen … die andere Alternative wäre gewesen, zu Schwester Venia zu eilen und sie alle drei zu verlieren, die Klosterschwester, den Sohn, die Tochter … und am Ende sich selbst.

Er konnte dem Blick Johannes' nicht länger standhalten. Er wandte sich ab und spähte zu dem dunklen Bündel hinüber, das auf halbem Weg zwischen diesem und dem ersten Baum lag. Es hatte eine immer breiter werdende rote Spur in den Schnee gezogen, die dort endete, wo es lag. Die Spur nahm ihren Ausgang bei der aufgewühlten, zerrissenen Stelle, an der Rainald den Wölfen seinen Kampf geliefert hatte. Er blinzelte ein drittes Mal, weil er nicht verstand.

Zuletzt hob er den Blick und starrte den ersten Baum an. Eine schwarz-weiße Gestalt hockte in der obersten Astgabel und winkte, dann begann sie herunterzuklettern.

## *Der Jahrhundertwinter*

Teil 4

Paul hatte sich die Richtung gemerkt, in die der Reiter gezeigt hatte, als er die Gleise erwähnte. Er versuchte, sein Talent einzusetzen, günstige Streckenführungen zu erkennen. Wenn man der insgesamt günstigeren Strecke nicht hatte folgen können ... was wäre dann unter den gegebenen Umständen die zweitbeste Lösung gewesen? Ingenieure dachten pragmatisch. Es fiel Paul nicht schwer, dieses Denken nachzuvollziehen. Dennoch geriet er in Zweifel, als er keine Schienen entdeckte. In immer kürzer werdenden Abständen bückte er sich und grub unter dem Schnee nach, mit wachsender Besorgnis.

Als er schließlich auf die Schienen stieß, war er erleichtert. Er stellte fest, in welche Richtung sie liefen, richtete sich auf und musterte das Gelände. Viel war nicht zu sehen im Schneegeflimmer, aber genug, um ihm ein Gefühl zu geben, wie es weiterging. Er folgte den Schienen eine Weile mit größter Aufmerksamkeit. Als die Bahnlinie endlich wieder auf einem etwas höheren Damm verlief, der klar zu erkennen war, ging er schneller voran. Er machte sich Gedanken über Ernst, Carl, Scipio Eduard

Kühne und den Reiter. Mittlerweile verstand er sich selbst nicht mehr. Er war so überzeugt gewesen, dass der Reiter gelogen hatte! Und er war es immer noch. Aber wozu? Was hatte der junge Mann davon, wenn er sie belog, und was, wenn er sie in die falsche Richtung führte? Ein böser Scherz? Aber bei diesem Wetter und ausgerechnet am Weihnachtstag? Und woher hätte der Reiter wissen sollen, dass er in diesem Sturm auf vier verirrte Wanderer stoßen würde? Es passte alles nicht zusammen. Paul machte sich mit zusammengebissenen Zähnen klar, dass die Wahrscheinlichkeit, dass der junge Mann die Wahrheit gesprochen hatte, viel größer war als alle haltlosen Verdächtigungen.

Und dennoch … die Alarmglocken in Pauls Innerem hatten angeschlagen wie verrückt. Paul hatte vor langer Zeit gelernt, sich auf diese Anzeichen zu verlassen. Irgendwas war faul. Aber was? Die beste Chance, es herauszufinden, war, den Gleisen so schnell wie möglich zu folgen und nach Genthin zu gelangen.

Mittlerweile war er so erschöpft und durchgefroren, dass jeder Windstoß sich wie ein eisiger Peitschenhieb anfühlte. Als er voraus den dunklen Schatten eines Wäldchens erblickte, um das der Damm außen herumführte, beschloss er, stattdessen mitten hindurchzustapfen. Zwischen den Bäumen würde der Wind weniger stark sein – eine willkommene Erholung! Er wollte schon vom Bahndamm abbiegen und in gerader Linie auf den Wald zulaufen, als ihm auf dem Damm etwas auffiel.

Es war eine große Schneewehe. Warum sie sich ausgerechnet dort aufgetürmt hatte und warum sie nicht schon längst wieder abgetragen worden war, war ein Rätsel. Sie hockte auf dem Damm wie etwas, das dort nicht hingehörte. Es war die einzige solche Schneeanhäufung weit und breit.

Paul passierte die Schneewehe, und was sich als halbgare Vermutung in ihm zu bilden begonnen hatte, wurde zur Gewissheit.

Die Schneewehe tarnte einen Haufen schwerer Baumstämme, die über das Gleis gelegt waren. Ein Zugführer, der sich von Berlin aus näherte, würde nur den Schnee sehen, ein bisschen mehr Dampf auf den Kessel geben und dann durch die vermeintliche Wehe hindurchrasen wollen. Nur dass die Lokomotive unerwartet die Baumstämme rammen würde. Wenn sie nicht entgleiste, würde sie auf jeden Fall so beschädigt werden, dass sie nicht mehr weiterfahren konnte. Der Zug würde liegen bleiben.

Es konnte keinen Zweifel geben, dass jemand die Baumstämme absichtlich dort platziert hatte. Jemand, dem es darauf ankam, den Zug aufzuhalten.

Weil weiter vorn eine Brücke unpassierbar war oder ein anderes Problem mit der Streckenführung?

Aber dann würden hier Laternen aufgehängt sein oder vielleicht sogar ein Streckenposten stehen, damit der Zug anhielt, ohne beschädigt oder derangiert zu werden.

Schlagartig verstand Paul, was er hier sah: die Vorbereitung zu einem Zugüberfall!

Was sollte er tun? Wie konnte er die Bahngesellschaft warnen? Dann fiel ihm ein, dass auf dieser Strecke zumindest heute kein Zug mehr fahren würde. Der Zug Berlin – Magdeburg lag irgendwo weiter hinten auf den Schienen.

Falls überhaupt für den heutigen Tag noch eine Fahrt in der Gegenrichtung geplant war, hätte der entgleiste Zug, in dem Paul gesessen hatte, sie absolvieren müssen, sobald er Magdeburg erreicht hatte. Die Strecke war zu neu, als dass schon zwei Züge gegenläufig darauf hätten verkehren können.

Das Zugunglück bedeutete nicht nur Pech für die Reisenden, sondern auch für die Zugräuber. Sie hatten sich die ganze Arbeit umsonst gemacht. Und sie würden umsonst auf den großen Krach warten, der ihnen sagte, dass ihr Plan gelungen war und sie aus ihrem Versteck kommen und die Verletzten und die Geschockten ausrauben konnten. Wie hatte Pauls Mutter immer gesagt: Selten ein Schaden, dass nicht auch ein Nutzen dabei wäre?

Erst dann wandten sich Pauls Gedanken sich selbst zu, und ihm wurde klar, dass die Reisenden zwar vor dem Überfall sicher waren, aber dass er selbst neben dem Gleis stand wie auf dem Präsentierteller.

Hastig duckte er sich neben dem Bahndamm in den Schnee. Die Räuber mussten hier irgendwo stecken. Wenn sie ihn entdeckten, würden sie ihn sicher nicht einfach weitermarschieren lassen. Und wenn sie ihn schnappten und er ihre Gesichter sah, wäre er ein Zeuge. Paul hatte keinen Zweifel, dass die Räuber allesamt hier aus der Gegend stammten. Sie konnten es sich nicht leisten, dass jemand sie identifizieren konnte.

Mit immer größer werdender Sorge machte sich Paul klar, dass er selbst alles dafür getan hatte, damit jemand anderer ihn spurlos verschwinden lassen konnte. Wenn man nach der Schneeschmelze irgendwo seine Leiche fand, würde der von der Bahn ausgeschickte Reiter, würden Kühne, Ernst und Carl reinen Herzens bezeugen können, dass er sich eigenverantwortlich und leichtsinnig von der Gruppe getrennt hatte. Und dass er sich schon vorher einmal in der Richtung geirrt hatte. Nein, es konnte keinen Zweifel geben, dass der Ingenieur Paul Baermann, gebürtig in München, dessen Leichnam in einem Sickergraben gefunden worden war, sich im Schneesturm an Heiligabend verlaufen hatte und erfroren war.

»Kruzifix«, flüsterte Paul. Er bekreuzigte sich unwillkürlich dafür, dass er am Heiligen Abend schon zweimal geflucht hatte.

Wahrscheinlich steckten die Räuber in dem Wäldchen. Es war nahe genug, dass sie den Zusammenstoß der Lokomotive mit dem Hindernis hören und sofort herbeieilen konnten. Außerdem bot es ein wenig Schutz vor der Witterung. Ihre Aufmerksamkeit würde sich auf das Gleis richten und nach Nordosten, von wo sie – sicherlich mit immer weiter steigender Ungeduld – den Zug erwarteten.

Paul musste das Wäldchen umgehen. Am besten in nordwestlicher Richtung, wohin die Räuber nicht schauten. Und er würde dazu einige Hundert Meter zurückgehen müssen, weil er den Bogen durch freies Feld schlagen musste. Bis jetzt schienen ihn die Verbrecher nicht entdeckt zu haben, aber das würde sich ändern, wenn er von seiner jetzigen Position aus um den Wald herumstapfte. Wenn er es weiter vorn tat, würde das Schneetreiben ihn verschlucken.

So vorsichtig, als würde er sich vor einem schlafenden Ungeheuer zurückziehen, arbeitete sich Paul am Bahndamm entlang auf seiner eigenen verwehten Spur zurück. Trotz der Kälte begann er zu schwitzen. Als das Wäldchen nur noch ein verschwommener dunkler Fleck im Schneesturm war, verließ er den Damm und kämpfte sich durch das freie Feld, den Schatten des Waldstücks zu seiner Linken. Keuchend vor Anstrengung, aber endlich nicht mehr frierend, erreichte er die nördlichen Ausläufer des Gehölzes.

Lange Zeit hatte der Schneesturm für ein einheitliches Dämmerlicht gesorgt. Jetzt näherte sich der Abend, und das Licht wurde immer schlechter. Wahrscheinlich lag es an der Düsternis und daran, dass die Räuber ihr Lagerfeuer nur zum Bahndamm hin abgeschirmt hatten, dass Paul den goldenen Schimmer tief zwischen den Bäumen sehen konnte.

Mit der Anstrengung, sich über das offene Feld voranzukämpfen, und der dadurch hervorgerufenen inneren Hitze war Wut in Paul aufgestiegen. Die Eisenbahn war die beste Erfindung, die Menschen seit Jahrhunderten gemacht hatten. Sie war Pauls Traum von der Vereinigung der Länder, vom Fall der Grenzen, von der Verbrüderung der Nationen. Und jetzt wollten ein paar Verbrecher einen Überfall auf diese wunderbare Erfindung vornehmen!? Es war ihm egal, dass der Überfall gescheitert war. Die Absicht zählte, nicht die Ausführung.

Was sollte er tun? Bis er sich nach Genthin durchgekämpft hatte und die Bahn informieren konnte, würden die Verbrecher sich längst zurückgezogen haben. Aber was konnte er allein gegen sie unternehmen? Sie würden bewaffnet sein, wenn schon nicht mit Schusswaffen, dann mit Beilen, Messern und Spießen. Paul hatte keine großen Bedenken, es mit zwei oder drei Gegnern gleichzeitig aufzunehmen, doch diese hier würden mindestens ein halbes Dutzend sein, wenn nicht mehr. Und verzweifelt genug, so dass sie ohne Rücksicht auf Verluste kämpfen würden.

Konnte er sie einzeln herauslocken? Es war einen Versuch wert. Er konnte sich ein gutes Versteck suchen und dann irgendetwas in den Wald hineinrufen. Jemand würde kommen, um nachzusehen. Wenn es ihm gelang, diesen Mann unschädlich zu machen, konnte er mit dem Rufen fortfahren. Als Nächstes würden sie zu zweit auftauchen. Er konnte auch diese beiden besiegen. Und dann wären nur noch drei oder vier Verbrecher im Lager übrig. Es konnte klappen …

Noch bevor er genügend darüber nachgedacht hatte, schlich er weiter, um eine Stelle zu finden, wo er ohne großen Krach in den Wald eindringen und sich verstecken konnte.

Er ahnte nicht, dass er dabei beobachtet wurde.

»Es riecht nach Feuer«, sagte Alvin und schnupperte. Unwillkürlich zügelte er sein Pferd. Otto von Bismarck sah überrascht auf. Die beiden Schlitten fuhren noch ein paar Schritte weiter, bis die Lenker die Pferde anhielten und sich fragend zu Alvin umdrehten.

»Wonach riecht es?«, fragte Bismarck, der die untere Hälfte seines Gesichts in seinem Mantelkragen verborgen hatte; nur der vereiste Schnauzbart lugte darüber.

»Feuer. Riechst du das nicht?«

»Keine Spur«, brummte Bismarck, der wie immer leicht verdrossen darüber wirkte, dass irgendjemand ihm etwas vorauszuhaben schien. »Denkst du, das ist der Zug … und er brennt?«

»Nein, das riecht nach Holzfeuer. Wenn es der Zug wäre, müssten wir außerdem irgendwo eine riesige Rauchwolke sehen.«

»Sehr gut kombiniert«, versetzte Bismarck. »Sehen. Man sieht keine hundert Meter weit. Ein Vulkan könnte vor uns ausbrechen, und wir würden ihn nicht sehen.«

»Der Schatten da vorn – ist das ein Waldstück?«

Willem, der Knecht, rief: »Dit muss een Ausläufer vom Herrenholzer Forst sein. Wir sin nich weit von der Kader Schleuse, wenn ick mir nich täusche, beim Plauer Kanal. Hinter det Waldstück muss die Bahnlinie sein.«

»Es riecht, als hätte jemand dort ein Lager aufgeschlagen«, murmelte Alvin. Dann hellte sich sein Gesicht plötzlich auf. »Natürlich! Du hast recht, Otto. Das ist der Zug! Er muss irgendwo dort vorn bei dem Wald liegen geblieben sein. Vielleicht ist ein Baum umgestürzt und hat die Strecke blockiert. Was wir riechen, sind die Kanonenöfen, mit denen die Waggons beheizt werden!«

»Dann sehen wir mal nach!«, sagte Bismarck und trieb sein Pferd an. »Wird Zeit, dass diese Expedition zu Ende geht. Fühle mich wie ein … hmmm … Eiszapfen.«

Als sie nahe genug heran waren, um zu erkennen, dass der Wald an seinem Saum mit dichtem, jetzt kahlem Buschwerk bestanden war und ansonsten hauptsächlich aus Kiefern bestand, hob Bismarck die Hand. Er war allen ein paar Dutzend Schritte voraus. Jetzt richtete er sich im Sattel auf und spähte nach vorn.

»Da ist wer«, sagte er, als Alvin aufgeschlossen hatte.

»Wo?«

»Jetzt sieht man ihn nicht mehr. Versucht anscheinend, in den Wald einzudringen.«

»Bist du sicher?«

»So sicher wie du mit deinem Feuer.« Bismarck warf ihm einen Seitenblick zu. »Schon gut, rieche es jetzt ja auch. Da – da ist der Kerl wieder.«

Eine Gestalt, von der man auf die Ferne und im immer schlechter werdenden Licht nur sagen konnte, dass sie menschlich sein musste, tauchte am Waldrand auf und kämpfte sich durch Schneewehen voran. Wer immer es war, schien seine Aufmerksamkeit darauf zu konzentrieren, in den Wald zu gelangen. Er achtete nicht auf die Umgebung, sonst hätte er die beiden Reiter und die Schlitten sehen müssen.

»Was macht er da?«, rätselte Alvin. »Wenn er in den Wald will, warum bricht er nicht einfach durchs Gebüsch? Und was treibt er sich um diese Zeit am Heiligabend noch draußen herum?«

»Fragen wir ihn einfach«, knurrte Bismarck. Er drückte seinem Gaul die Fersen in die Seiten. Das Pferd schnaubte und setzte sich in Trab.

Alvin starrte die Gestalt vorn beim Waldstück an. Ihm dämmerte, dass ihm die Art und Weise, wie sie sich bewegte, bekannt vorkam. »Warte mal!«, rief er Bismarck nach, doch dieser hörte ihn nicht. Mit einer Mischung aus Unglauben, Freude und Besorgnis trieb Alvin sein

Pferd ebenfalls an und überholte Bismarck auf dem Weg zum Waldrand.

Die Gestalt bemerkte die beiden Reiter nun. Sie erstarrte einen Moment, dann verschmolz sie mit dem Buschwerk hinter sich und dem Schnee und war nicht mehr zu sehen.

»Paul?«, rief Alvin. Er nötigte sein Pferd zu einem widerwilligen Galopp. »Paul!«

Paul Baermann – für Alvin gab es nun keinen Zweifel mehr, dass die einsame Gestalt sein Freund war – erhob sich aus einer Kuhle, in der er in Deckung gegangen war. Alvin fragte sich, wieso Paul sich versteckt hatte. Jetzt lief er den beiden Reitern entgegen und machte wilde Armbewegungen. Bismarck und Alvin zügelten ihre Gäule. Alvin sprang aus dem Sattel und packte Paul an den Schultern.

»Wir haben uns alle solche Sorgen gemacht!«, rief er. »Was ist passiert …?«

»Schhhhh!«, zischte Paul statt einer Begrüßung. »Leise!«

»Freuen uns auch, Sie zu sehen«, sagte Bismarck trocken.

Sie folgten Pauls drängenden Gesten, indem sie sich vom Wald entfernten. Die Schlitten, die sich näherten und deren Glöckchen bimmelten, veranlassten Paul erneut zu hektischen Gesten, und sie hielten an. Alvin und Bismarck sahen sich fragend an. Bismarck hob vielsagend die Augenbrauen.

Alvin zog eine der übriggebliebenen Schnapsflaschen aus der Satteltasche. »Willst du zuerst mal einen Schluck zum Aufwärmen …?«, begann er.

»Ich bin nicht verrückt geworden«, stieß Paul hervor. Dann erklärte er mit hastigen Worten die Lage und was bisher geschehen war.

Alvin sah aus dem Augenwinkel, wie Willem und ein paar andere Knechte sich bekreuzigten, als Paul von dem mysteriösen Reiter erzählte, dem der Rest seiner Gruppe gefolgt war.

Paul sah es auch und unterbrach sich. »Was ...?«, fragte er beunruhigt.

»Nichts, nichts«, sagte Alvin. »Erzähl weiter.«

Nachdem Paul geendet hatte, zupfte Bismarck nachdenklich an seinem vereisten Schnauzbart. »Räuber, die den Zug überfallen wollten?«, brummte er. »Hmmm ... wessen Land ist das hier, Alvin?«

»Keine Ahnung. Könnte zu Gerhard von Cramms Besitz gehören. Ich bin mir aber nicht sicher.«

»Der Grundherr muss auf seinem Grund und Boden für Ordnung sorgen«, dozierte Bismarck. »Ist seine Pflicht gegenüber dem Land, dem Staat und Gott. Wenn der Grundherr nichts tut, müssen seine Nachbarn für ihn einspringen und seine Aufgaben erledigen.«

Paul sagte: »Sie meinen, wir sollen die Kerle ausräuchern? Ich bin dabei.«

»Ihr wollt am Heiligen Abend einen Kampf vom Zaun brechen?«, fragte Alvin überrascht.

»Die wollten den Zug überfallen!«, sagte Paul grimmig.

»Die stören den Landfrieden!«, sagte Bismarck ebenso grimmig.

Alvin blickte von einem zum anderen. »Und da es so

aussieht, als sei ich zu diesem Landstrich der allernächste Nachbar, liegt es jetzt an mir, oder?«

»Richtig«, schnarrte Bismarck. Er fummelte unter seinem Mantel herum und zog einen Revolver hervor. »Bin sogar bewaffnet.«

»Na gut …« Alvin seufzte. »Aber wir müssen davon ausgehen, dass das arme Teufel sind, wahrscheinlich Landpächter, die durch die Kartoffelfäule in den Ruin getrieben worden sind. Berufsmäßige Verbrecher legen sich nicht am Heiligen Abend auf die Lauer, um einen Zug zu stoppen, ohne zu wissen, ob der es überhaupt bis zu ihnen schafft. Wir versuchen, das ohne Blutvergießen hinzukriegen … Ist das klar?«

Paul nickte. Bismarck ließ sich etwas länger Zeit mit seiner Antwort, doch schließlich stimmte auch er zu und steckte den Revolver weg. Alvin blickte zu den Knechten hinüber. Willem lächelte ihm zu und nickte kaum merklich.

»Meine Herren«, sagte Alvin dann und fühlte plötzlich sein Herz klopfen. Nervosität und Jagdfieber stiegen in ihm hoch. Er fühlte die Kälte nicht mehr. »Heben wir ein Räubernest aus.«

»Ojottojott …« Das Hausmädchen stöhnte. Ihr Gesicht war so rot, wie das von Moritz blass war. »Ick dachte, die Wölfe hätten die Klosterschwester gekriegt. Aba det, wat Herr Rainald für die Nonne jehalten hat, war nurn weiterer toter Wolf, wa?«

»So ist es«, sagte Louise abwesend. Sie betrachtete Moritz, der mit der Figur des Unteroffiziers spielte. Sie ertappte sich dabei, wie sie ihm in Gedanken den Befehl zu geben versuchte, die Figur zu den anderen beiden zurückzustellen. Ihr war, als könne sie erst dann glauben, dass Paul nichts zugestoßen war.

»Det mit der Schlacht hab ick nich verstanden, tut mir leid, Frau Hauptmann«, sagte das Kindermädchen.

»Rainald und sein Schwager waren auf dem Kreuzzug und gerieten vor einer Stadt namens Iconium in eine Schlacht«, erklärte Louise. »In Rainalds Panik beim Angriff der Wölfe und in seiner Erschöpfung vermischten sich die Erinnerungen an die Schlacht mit der Gegenwart, deshalb sah er sich gegen die feindlichen Seldschuken kämpfen, während er in Wirklichkeit gegen die Wölfe kämpfte.«

»Drecksviehzeug, diese Wölfe«, sagte das Hausmädchen.

»Sie hatten auch nur Hunger«, murmelte Louise. »Und sie wagten sich deshalb an die Menschen heran, weil ihr Rudelführer kein Wolf, sondern ein verwilderter Hund war. Und außerdem ist das nur eine Erzählung. Der verwilderte Hund ist das dunkle Spiegelbild von Rainald. Ein Hirte, den die Verzweiflung zu einem Räuber gemacht hat.«

»Dit vasteh ick nu erst recht nich, Frau Hauptmann«, gestand das Hausmädchen. »Is aber trotzdem ne schöne Geschichte. Jeht et noch weiter?«

Louise nickte. Sie war erstaunt, an welche Einzelheiten der Erzählung sie sich erinnert hatte. Die deutschen Nachbarn hatten seinerzeit allerdings keine Erklärung mitgeliefert, und Louises geschichtliche Kenntnisse waren nicht übermäßig groß. Sie hatte keine Ahnung, von welchem Kreuzzug die Rede war und wo diese Stadt gelegen hatte, geschweige denn, ob es sie überhaupt gegeben hatte. Die Geschichte von Rainald, Schwester Venia und den Kindern war nur eine Geschichte, und was immer davon einmal wahr gewesen war, viele Erzähler hatte über die Jahrhunderte diverse Dinge hinzugefügt, weggelassen, verändert. Es spielte auch keine Rolle, welche Fakten an der Geschichte wahr waren. Wichtig war, dass die Geschichte in sich selbst wahrhaftig war. Louise fühlte bereits jetzt die Tränen, die das Ende der Geschichte ihr auch damals schon in die Augen getrieben hatte. Diese Geschichte war wahrhaftig, so viel stand für sie fest.

»Geschichte?«, fragte Moritz und hielt die Figur, die Paul darstellte, weiterhin in seiner kleinen Faust fest.

## *Der Hirte*

Teil 4

»Als kleines Mädchen war ich gut im Klettern«, sagte Schwester Venia. »Und erst recht im Laufen.«

Sie hatte Rainald nicht angeboten, das halbe Dutzend Biss- und Kratzwunden zu verbinden, das seinen Körper überzog, und er hatte sie nicht darum gebeten. Er reinigte sie so gut er konnte mit Händen voll Schnee und war fast dankbar für die Kälte, weil sie das Brennen abstumpfte. Er hatte schon schlimmere Wunden empfangen, aber er hatte sie niemals in einem solchen Stadium körperlicher und seelischer Erschöpfung ertragen müssen. Der Schnee blieb in den Wunden liegen, schmolz zu roten Kristallen zusammen und stillte den Blutfluss.

Blanka saß an den Obstbaum gelehnt und spielte mit den beiden Holzpuppen. Sie spielte stumm. Rainald vermied es, ihr dabei zuzusehen; ihr Verhalten ließ noch mehr Angst in ihm aufsteigen, als er ohnehin empfand. Er beugte sich ächzend nach vorn, um einen der Stoffstreifen aufzuheben, den er von seinem zerschlissenen Waffenrock geschnitten hatte. Schwester Venia folgte seiner Bewegung mit den Blicken. Sie machte keine Anstalten, den Streifen aufzuheben und ihm zu geben. Er war dankbar dafür. Wenn sie ihm den Streifen gegeben hätte, hätten ihre Hände sich berührt, und er wusste nicht, was er getan hätte, wenn das geschehen wäre. Ihr Gesichtsausdruck war nicht zu deuten, doch er nahm an, dass ihre Gedanken in eine ähnliche Richtung gingen.

»Was ist passiert, Rainald?«

Er band den Stoffstreifen um die tiefste Wunde in seinem Oberschenkel. Er spürte bereits, wie das Bein steif wurde. Er rappelte sich aus der Sitzposition auf und stellte sich auf das Bein. Es wollte nachgeben, aber er zwang es dazu, standzuhalten. Wenn er es schonte, würde er es in ein paar Minuten nicht mehr gebrauchen könnte. Er machte einen Schritt nach vorn. Der Schmerz war auszuhalten. Er machte einen weiteren Schritt. Johannes zerrte den letzten Wolf, den, der sich vom Kampfplatz davongeschleppt hatte und dann verendet war, an den Hinterläufen durch den Schnee zu den anderen. Rainald ließ ihn gewähren. Er wusste, dass die Wölfe hierher nicht mehr zurückkommen würden; wozu auch, es gab noch tausend Plätze, an denen sie über sie herfallen konnten.

Schwester Venia folgte ihm, bis er außer Hörweite Blankas war. Als Rainald stehen blieb und mit dem verletzten Bein verbissen aufstampfte, blieb sie neben ihm stehen und betrachtete ihn stumm.

Rainald schnaubte. »Erinnert Ihr Euch daran, dass ich sagte, Gott solle sich raushalten? Was passierte, ist, dass er sich eingemischt hat.«

Sie nickte. Rainald holte Atem. Plötzlich wusste er

nicht, ob er imstande sein würde, die Geschichte zu erzählen, doch er wusste, dass er sie erzählen wollte.

»Ich war auf der Jagd«, sagte er. »Halb zum Vergnügen, halb wegen des Essens. Der Winter hatte die Vorräte ausgedünnt, wir hatten kaum noch etwas in den Fässern, und meine Pächter ernährten sich schon wochenlang von den Rüben, die sie im Herbst im Sand verbuddelt hatten. Wir würden nur mageres Zeug fangen und vielleicht das eine oder andere Jungtier, das war mir klar, aber weiter zu hungern war keine Alternative, schon gar nicht für die Pächter ... es gab Kinder, ein paar waren krank ...« Er merkte, dass er einmal mehr nach der Rechtfertigung griff, warum er nicht zu Hause auf seiner Burg gewesen war. Er hatte diese Rechtfertigung die ganzen Monate auch vor sich selbst rezitiert, ohne sie zu glauben.

»Man kann nicht das Leben eines freien Mannes führen, ohne sich Feinde zu machen«, sagte er. Schwester Venia erwiderte nichts. Rainald fühlte sich hilflos. Wenn ihr ruhiger, nachdenklicher Blick nicht gewesen wäre ... wenn sie nicht geschwiegen, sondern eine mitfühlende Bemerkung gemacht hätte ... er hätte seine Erzählung abgebrochen. Doch sie musterte ihn nur, dunkle Augen und ein unter dem Gebende fast jugendlich wirkendes Gesicht, dem die Strapazen am wenigsten von ihnen allen anzusehen war, und er fühlte sich fast gezwungen, diesem Gesicht alles zu sagen, weil es bei aller Offenheit und aller Jugend manchmal so wirkte, als habe es schon den größten Schmerz gesehen, erlebt – und hinter sich gelassen.

»Ich habe keine Fehden geführt«, sagte Rainald. »Aber ich habe auf etlichen Turnieren gewonnen. Nicht immer nimmt es ein Gegner sportlich auf, wenn er eine Menge Lösegeld für sein Pferd und seine Ausrüstung zahlen muss.«

»Du weißt nicht, wer es war, oder?«

»Sie müssen mich beobachtet haben. Sie wussten, dass ich und meine Männer und der größte Teil der Pächter in den Wäldern unterwegs waren. Ich habe die Spuren gesehen: Sie waren höchstens ein Dutzend, mehr nicht. Sie hätten eine kleine Armee benötigt, wenn ich zu Hause gewesen wäre.«

Rainald schluckte. Er sah sich wieder, wie er plötzlich innehielt, weil ein paar seiner Treiber die Köpfe wandten und schnupperten; er erinnerte sich, dass er selbst geschnuppert hatte und wie er erkannt hatte, dass es Rauchgeruch war, der über dem strengen Duft seines schwitzenden Pferdes vernehmbar war. Er erinnerte sich an die Angst, mit der er Caesar die Sporen gegeben und allen voran zurück nach Hause geprescht war, weil der Rauchgeruch nicht nach einem friedlichen Kaminfeuer roch und hier, in der unmittelbaren Umgebung seines eigenen Besitzes, nur bedeuten konnte, dass es in seinem Haus brannte. Er erinnerte sich an das namenlose Entsetzen, als er die brennenden Pächterhütten gesehen hatte und die reglosen Körper dazwischen und das offen hin und her schwingende Tor zu seiner Burg …

»Ich sah die Hunde als Erstes«, sagte er mit weit aufgerissenen Augen und starrte an Schwester Venias Gesicht vorbei dem Zusammenbruch seines Lebens ein zweites Mal ins Auge. »Sie hatten versucht, ihr Heim zu verteidigen. Ihre Körper steckten voller Pfeile.«

Irgendwie musste er nach oben gekommen sein in den Saal. Er wusste es nicht mehr. Alles, was man von den Wänden reißen konnte, hatten die Angreifer von den Wänden gerissen. Alles, was man hatte zerhacken, zerschmettern, zerfetzen können, war in Trümmern. Eine kalte Hand hatte seine Innereien erfasst und presste sie erbarmungslos zusammen. Er war nur undeutlich gewahr, dass seine Männer nach ihm in den Saal platzten und entsetzt zurückprallten. Er wusste, was er finden würde. Er wusste es … es war, als habe eine Stimme es ihm zugeflüstert, seit er den ersten Rauchgeruch wahrgenommen hatte. Er fühlte, wie ein Zittern seinen ganzen Körper erfasste.

»Ich fand sie zwischen den Trümmern, halb zugedeckt von einem Wandbehang. Sie war tot …«

Rainald vergrub das Gesicht in den Händen und weinte. Er konnte sich nicht helfen. Ob Johannes ihn so sah oder Blanka; er konnte es nicht zurückhalten. Er fühlte keine Verlegenheit wegen Schwester Venia. Wenn er überhaupt etwas fühlte, dann abgrundtiefes Bedauern darüber, dass er diesen Schmerz ein zweites Mal durchleben musste, und das gähnende Entsetzen darüber, wie frisch er noch immer war. Sein Körper war eine Muschel gewesen in den letzten Monaten. Statt eines Steins war das Leid in seinen Panzer gedrungen, und er hatte eine harte Schicht darüber gebildet, um weiterleben zu können. Im Inneren dieser Schicht jedoch war der Schmerz gleich geblieben. Der heutige Tag hatte den Schutz abplatzen lassen.

»Ich war sicher, dass sie die Kinder mitgenommen hatten«, flüsterte er nach einer Weile. »Das war, nachdem ich fast alles, was sie übriggelassen hatten, zerschlagen oder umhergeworfen hatte. Mein Hals war wund, so hatte ich gebrüllt. Schließlich konnte ich nicht mehr. Ich sank vor Sophias Leiche zusammen. Ich glaube, ich wäre dort einfach sitzen geblieben bis zum Jüngsten Tag, doch dann hörte ich das Weinen. In einer Nische stand eine große Truhe; ein Wandteppich musste sie schon ganz zu Anfang unter sich begraben haben, denn sie hatten sie nicht gefunden. Ich öffnete sie.«

Rainald blickte auf. Er sah Johannes in ein paar Schritten Entfernung reglos dastehen und mit großen Augen lauschen. Auch Blanka hatte ihr stummes Spiel eingestellt und hörte zu.

»Ich habe heute das Gleiche getan wie Johannes während des Überfalls. Statt Euch zu helfen, habe ich meine Kinder in Sicherheit gebracht. Johannes hat seine kleine Schwester in Sicherheit gebracht.«

»Er hätte nicht gegen die Männer kämpfen können«, sagte Schwester Venia.

»Nein, aber er hätte davonreiten und mich alarmieren können. Dann wäre ich eine halbe Stunde früher zu Hause eingetroffen. Eine halbe Stunde hätte gereicht.«

»Nein«, sagte Schwester Venia. »Nie und nimmer.«

»Woher wollt Ihr das wissen?«

»Weil du, wenn die Fährte erst eine halbe Stunde alt gewesen wäre, die Verfolgung der Angreifer aufgenommen hättest. So gut kenne ich dich nun schon. Also waren sie schon eine ganze Weile länger wieder weg als nur eine halbe Stunde.«

Rainald versuchte etwas zu sagen, aber sie schnitt ihm das Wort ab.

»Du hast richtig gehandelt vorhin«, sagte sie. »Wenn du versucht hättest, mir zu helfen, wären wir alle verloren gewesen. Es gab nur eine vernünftige Wahl. Du hast wie ein Mann gehandelt, nicht wie ein Feigling.«

Rainald sah sie an. Sein Mund arbeitete.

»Was hast du danach getan?«, fragte sie.

»Ich habe sie beerdigt und …«

»Das war nur eine Gebärde. Was hast du danach getan?«

»Ich verstehe nicht.«

»Hast du danach wieder den Mut gefasst, dem Leben zu vertrauen?«

Rainalds Blick wurde starr. In seinem Inneren schwang eine Saite, die zu schmerzhaft war, als dass er ihr hätte erlauben können, weiter zu schwingen.

»Papa …«, begann Johannes mit piepsiger Stimme. Rainald hob die Hand. Der Junge verstummte.

»Gehen wir weiter«, sagte er. Seine Stimme klang in seinen eigenen Worten wie Asche.

»Wohin? Gehen wir endlich nach Trier?«, fragte Schwester Venia.

Rainald antwortete nicht. Er nahm Blanka auf den Arm, verstaute die beiden Puppen hinter seinem eigenen Gürtel und stapfte davon.

Johannes sah seinem Vater und der Klosterschwester nach. Schließlich ließ er das Hinterbein des toten Wolfs sinken, bückte sich nach dem Schwert, dem sein Vater keinerlei Beachtung mehr geschenkt hatte, wuchtete es keuchend auf seine Schulter und torkelte den anderen hinterher.

* * *

Die Wölfe hatten sie überwacht, seit das Packpferd gefallen war. Rainald hatte es geahnt, auch wenn die Wölfe sie es nur sporadisch hatten merken lassen. Nun änderte das Rudel seine Taktik. Sie hatten ihre Beute zweimal gestellt, und zweimal hatte sich die Beute seiner Haut erwehrt. Ein drittes Mal würden sie es nicht mehr angreifen, solange sie noch in der Verfassung war, Widerstand zu leisten. Sie würden sie einfach zu Tode hetzen.

Rainald wusste dies, und er wusste, dass er einfach in ganz gemächlichem Tempo hätte weitergehen können, und die Wölfe hätten nicht noch einmal attackiert. Trotzdem wurde er immer schneller und schneller, bis er fast in einen Laufschritt fiel, bei dem Schwester Venia und Johannes nur keuchend mithalten konnten. Vermutlich wäre auch ein anderer Mann nicht in der Lage gewesen, sich anders zu verhalten, wenn er gesehen hätte, wie die Schatten überall um ihn herum eine graue, geduckte Form annahmen, bevor sie wieder mit dem Hintergrund eins wurden.

Das Interessante dabei war, dachte er mit dem kleinen Teil seines Hirns, der noch vernünftig denken konnte, dass er vor dem einen Tod nur davonrannte, damit er umso schneller zu dem anderen gelangte.

* * *

Rainald erinnerte sich an seine hilflose Wut, als die Bauern fortzugehen begonnen hatten. Die Bauern waren immer die Ersten, die gingen. Sie waren darauf angewiesen, dass ein starker Grundherr sie verteidigte, während sie seine Scholle bearbeiteten. Gesunde Erde gab es auch anderswo; wenn der Arm des Herrn nicht mehr gesund war, war es Zeit, nach ihr zu suchen.

Die Waffenknechte waren die Letzten, wie es in der Natur ihres Dienstes lag. Ihre Zukunft war ungleich unvorhersehbarer als die der Bauern. Für einen Landpächter war immer irgendwo Platz, und wenn die anderen zusammenrücken mussten – jeder Grundherr trachtete danach, seinen Wohlstand zu vermehren. Burgknechte jedoch … es bedurfte einer gut aufeinander eingespielten Mannschaft, selbst wenn es nur ein halbes Dutzend war, um eine Burg im Ernstfall erfolgreich verteidigen zu können. Neue Mitglieder waren in der Regel unzuverlässig und konnten auch eine Fünfte Kolonne sein. Dennoch – irgendwann waren auch die Waffenknechte gegangen. Es lohnte sich nicht, ein verlassenes Dorf, eine ruinierte Burg und eine Familie zu verteidigen, die aus einem unkontrollierten Zornesausbrüchen oder tagelanger Melancholie verfallenden Burgherrn und zwei Kindern bestand, die vor Trauer und Hilflosigkeit fast stumm geworden waren.

Nachdem auch die Waffenknechte gegangen waren, kam die Wut; dann die Verzweiflung; dann der erste Tag, an dem es nichts zu essen gab.

Der Steinbau, in dem Rainald und die Kinder hausten, war äußerlich unversehrt; innen war noch immer das Zerstörungswerk der Angreifer zu sehen. Rainald hatte irgendwann begonnen, Pfade durch das Trümmerfeld des Saals freizulegen, damit man sich ungehindert bewegen konnte; sie und die Stelle, an der Sophia gelegen hatte, waren die einzigen Flächen, auf denen sich nicht die Reste von Rainalds vorherigem Leben häuften. Draußen, in der Vorburg und im Dorf, begannen die Ruinen bereits in die Erde zu sinken. Wer sie betrachtete, hätte vermutet, dass schon Jahre seit dem Überfall vergangen waren, nicht nur ein paar Wochen. Wo das Holz nicht schwarz versengt war, war es grau und wirkte antik und halb zerfallen. Von den Dächern herabgerutschte Heugarben lagen zwischen den Hütten und verfaulten. Vorburg und Dorf waren ein Spiegelbild von Rainalds Saal, und alle miteinander zeigten den Zustand seiner Seele.

Rainald blickte mit steigendem Zorn darauf zurück, verdrängte die Angst, dass jemand die Kinder in ihrem Versteck finden würde, während er unterwegs war, zog an Caesars Zügel und trabte zum Wald hinauf. Unter den Bäumen warteten die, die man in jedem Wald fand, die Unzufriedenen, die Ausgestoßenen, die, die eine Rechnung mit der ganzen Menschheit zu begleichen hatten. Sie waren Rainalds letzte Verbündete.

Mit einem Feldzug gegen die Stadt Trier würde er beginnen, einem Feldzug gegen die Kaufleute und ihre Trecks aus Waren, Gewürzen und Lebensmitteln. Rainald wollte sich vor Selbstekel übergeben, als er auf dem Weg zum Wald und zu den Gesetzlosen war, an deren Spitze er sich gestellt hatte, aber er hatte nichts im Magen. Die Kinder hatten ebenfalls nichts im Magen. Er versuchte sich damit zu beruhigen, dass er nur seine Kinder ernähren wollte, aber es half nichts. Er war der Herr von Mandach, er war willkommen geheißen und beschenkt worden, und nun fiel er über seine Verbündeten her wie ein Wolf, ein Beschützer, der zu einem Feind geworden war.

Deshalb wartete in Trier der Galgen auf ihn. Er hatte ihn sich verdient.

* * *

Als Johannes, der mittlerweile vor seinem Vater herlief und vergessen zu haben schien, dass er verletzt war und Rainalds Schwert schleppte, stehen blieb, stupste Rainald ihn sanft an.

»Geh weiter«, sagte er. »Wir haben's bald geschafft.«

Johannes blieb stehen. »Aber das sind …«

Blanka, die halb bewusstlos in Rainalds Arm gelegen hatte, bewegte sich.

»Sind wir im Himmel?«, fragte sie undeutlich.

»Nein, meine Kleine.«

»Ich höre aber Musik.«

»Du hörst die Glocken der Simeonskirche«, seufzte Rainald. »Wenn wir aus dem Wald kommen, liegt Trier vor uns.«

Er fing einen Seitenblick von Schwester Venia auf. Er gab ihn zurück. Sie lächelte und nickte ihm zu. Er zuckte mit den Schultern. Seine Seele war so wund, dass es nichts mehr zu geben schien, was sie noch mehr verletzen konnte. Das dachte er, bis er aus dem Augenwinkel einen Schatten sah, der zwischen zwei Baumstämmen verschwand.

»Sie läuten zur heiligen Messe«, sagte Schwester Venia. »Ich gäbe was drum, jetzt unter den Messbesuchern zu sein und Gott für unsere Rettung danken zu können.«

»Zwischen dem Waldrand und der Stadt liegen mindestens fünfhundert Schritt freies Feld«, sagte Rainald.

»Ich weiß«, sagte Schwester Venia.

Sie gingen weiter, plötzlich langsam, als käme es nun nicht mehr darauf an. Es kam nicht mehr darauf an, dachte Rainald. Sie waren fünfhundert Schritt von der Rettung entfernt, nur, dass der sichere Tod dazwischen stand. Die guten Bürger der Stadt würden auch nicht mehr das Vergnügen haben, ihn hängen zu sehen. Wenn es ein Vergnügen geben würde, dann das, den Wölfen dabei zuzusehen, wie sie ihn, seine Kinder und eine junge Klosterschwester auffraßen. Leider würden sie es nicht mitbekommen, weil sie allesamt in der Kirche waren.

»Danke, Gott, dass Du bis hierher die Hand über uns gehalten hast«, sagte Schwester Venia, und Rainald schämte sich für seine zynischen Gedanken.

Etwas in ihm schien sich gelöst zu haben. Er schrieb es der Erschöpfung und dem Wissen um den nahen Untergang zu; gleichzeitig war ihm klar, dass es tatsächlich daran lag, dass er die Momente im Saal seiner Burg noch einmal durchlebt hatte und dass er sein Leid nicht mehr hatte zurückhalten können. Nicht Johannes hatte damals versagt, sondern er. Seine Aufgabe wäre es gewesen, sein Heim und seine Familie zu verteidigen. Dass er in aller Unschuld versagt hatte, weil er nicht anders gekonnt hatte als auf die Jagd zu gehen, änderte nichts daran. Menschen machten Fehler, Menschen versagten. Es war nicht die Kunst, das Versagen zu vermeiden; die wahre Kunst war es, darum zu wissen und weiterzumachen. Er hatte nicht weitergemacht in den vergangenen Monaten; er hatte eine endlose Schleife in heulendem Schmerz, blinder Wut und gähnender Sinnlosigkeit gedreht. Alles, was er während dieser Zeit getan hatte, hatte ihn keinen Schritt weit, keinen Gedanken lang von jenem Moment entfernt, an dem er vor Sophias Leichnam in die Knie gesunken war und gewünscht hatte zu sterben.

Er empfand eine undeutliche Art von Zärtlichkeit gegenüber Schwester Venia, die ihn aus diesem Zustand befreit hatte. Er empfand eine ganz deutliche Scham, wenn er daran dachte, wie er sich Johannes gegenüber verhalten hatte.

Und er empfand ein ganz und gar überwältigendes Bedauern darüber, die Zeit nicht besser genutzt zu haben. In ein paar Augenblicken würden sie alle tot sein.

Die Glocken schwiegen. Die Bäume lichteten sich und gaben den Blick auf den Fluss frei und die Stadt, die sich an sein Ostufer schmiegte. Rainald erwartete, dass die Wölfe in das Schweigen einfallen und ein Triumphgeheul anstimmen würden, doch die Wölfe blieben stumm. Das Wasser des Flusses war schwarz in der Dämmerung, die alte Römerbrücke ein schneegezuckerter weißer Finger zum anderen Ufer hinüber. Das Gelände fiel sanft zur Stadt hin ab. Als hätte jemand mit einem besonderen Sinn für Humor ihnen eine bessere Chance geben wollen, waren sie an einer Art waldigen Halbinsel herausgekommen, die in die Felder hineinragte. An allen anderen Stellen traten die Bäume viel weiter zurück. Die Gebäude der Stadt ragten zum Greifen nah aus der schmalen Ebene vor dem Flussufer empor, rauchverschleiert von den Feuern in den Kaminen, blau verschwimmend im schwindenden Licht.

»Es gibt eine Möglichkeit«, sagte Schwester Venia.

»Papa?«

»Ja, meine Kleine?«

»Werden uns die Wölfe fressen?«

Rainald wurde sich des Blicks seines Sohnes bewusst. Er wandte sich Blanka zu, die ihn mit dunklen Augen musterte.

»Du brauchst keine Angst zu haben«, sagte er. Sie erwiderte nichts, doch ihr Blick schien zu sagen, dass sie wusste, er hatte sich um die Antwort gedrückt. Aus dem Augenwinkel sah er, wie Johannes erschauerte. Er weint nicht mal, dachte er undeutlich. Er weiß, dass wir bereits wandelnde Tote sind, und er weint nicht mal mehr. Plötzlich wünschte er sich so sehnlich, niederzuknien und seinen Sohn an sich zu drücken, dass seine Beine schwach wurden. Es gab keinen Gott, dem er einen Handel anbieten konnte; wenn es einen gegeben hätte, er hätte ihm alles angeboten im Austausch dafür, mit seinen Kindern weiterleben zu dürfen. Er ertappte sich dabei, wie er dennoch betete: Herr, hilf uns. Nimm Dir, was immer Du willst, aber hilf uns!

»Die Obstbäume«, sagte Schwester Venia. »Sie sind ganz leicht zu erklettern. Ein gichtkranker Abt käme hinauf. Nur ein Wolf nicht.«

»Nein«, sagte Rainald. Die Stimme, die die Gebete in

seinem Herzen aufsagte, stockte und sagte dann ganz deutlich: Diesen Handel habe ich nicht gemeint, Herr.

»Aber es ist die einzige Möglichkeit. Du hast doch gesehen, wie gut ich im Klettern bin. Und ich laufe wie ein Hase.«

»Nein.«

»Ich laufe als Erste los. Sie werden sich auf die erste Bewegung stürzen, die sich außerhalb der Bäume zeigt. Diese Bewegung werde ich sein. Ich renne zu der Streuobstwiese hinüber. Du läufst mit den Kindern los, sobald sie auf meiner Fährte sind. Wenn wir Glück haben, seid ihr hinter der Mauer und ich auf einem der Bäume, bis den Bestien klargeworden ist, dass wir sie hereingelegt haben.«

»Nein«, sagte Rainald.

»Es kann funktionieren!«

»Wir versuchen es zusammen oder gar nicht.«

»Manchmal muss man eine Entscheidung treffen. So, wie du vorhin auf der Lichtung eine getroffen hast. So, wie Johannes eine getroffen hat, als er sich mit Blanka in der Truhe versteckte, anstatt zu versuchen, dich zu erreichen.«

»Ihr habt keine Chance. Ich werde Euch nicht opfern«, sagte Rainald heiser. »Nicht um meinetwillen.«

»Du opferst mich nicht. Und es geht um die Kinder, nicht wahr?«

»Ich lasse es nicht zu«, sagte Rainald. »Das ist das letzte Wort in dieser Angelegenheit.«

* * *

Rainald ermaß die Strecke. Er sah die Straße, die von weiter rechts kam und sich in zwei, drei weiten Kurven auf die Stadtmauer zuwand; er sah das geschlossene Tor und meinte, die Bewegungen der Wächter auf dem Wehrgang wahrzunehmen und das Glosen des Feuers in seinem Becken auf der am weitesten vorgeschobenen Befestigung; sein Blick streifte den Galgen, der zwischen dem Wald und der Stadt stand, zerfranste Stricke von seinem Querbalken baumelnd. Er zog die Schultern hoch. Er gab seinen Beinen den Befehl zu laufen, doch sie bewegten sich nicht von der Stelle. Er erinnerte sich, mehr als einmal brüllend und das Schwert schwingend in ein Getümmel gesprengt zu sein, dessen Ausgang eigentlich auch nur der sichere Tod hatte sein können, und es war ihm jedes Mal gelungen, seine Furcht zu bezwingen. Warum diesmal nicht? Blanka brachte ihren Mund an sein Ohr.

»Sieht uns Mama jetzt zu?«, fragte sie.

Die Wölfe heulten so unvermittelt los, dass Rainald zusammenfuhr. Sein Herz begann zu trommeln und schnürte ihm den Atem ab. Das Jagdsignal …!

»Ja«, stieß er hervor. »Sie sieht uns zu und drückt uns die Daumen!«

Er rannte los.

* * *

Die Wölfe schossen aus dem Wald heraus, zehn, zwölf, fünfzehn schlanke Todesbringer, glitten über den Schnee dahin und schwenkten in einem geradezu eleganten Manöver nach links, um ihrer Beute den Weg abzuschneiden. Sie rannten; Rainald wusste, dass sie noch nicht einmal halb so schnell liefen, wie sie eigentlich konnten. Er fluchte und versuchte, schneller zu laufen. Johannes, der neben ihm herhastete, drängte sich unwillkürlich näher an ihn heran, und Rainald stolperte fast über ihn.

»Lauf!«, schrie er. Johannes spurtete noch schneller und überholte ihn. »Lauf!«

Der Junge sah über die Schulter zu seinem Vater hoch. Und voller Entsetzen sah Rainald, wie Johannes' Beine durcheinandergerieten, wie er ins Taumeln geriet und stürzte. Rainald brüllte auf und kam rutschend zum Halt. Sie hatten von Anfang an keine Chance gehabt, aber zu scheitern, kaum dass sie losgelaufen waren …

Schwester Venia warf sich herum, riss sich das Gebende vom Kopf und rannte schreiend und Arme und Schleier wedelnd auf die Wölfe zu. Ihr Haar war so kurz geschoren wie das eines Mannes, und Rainald sah zum ersten Mal, wie jung sie tatsächlich noch war.

»Kommt zurück!«, schrie er.

Sie hörte nicht auf ihn. Johannes rollte sich herum und ächzte. Er hielt seinen Knöchel umklammert. Rainald zerrte ihn in die Höhe. Der Junge knickte ein und fiel gegen ihn. Rainald warf sein Schwert in den Schnee, hob ihn hoch und warf ihn sich über die Schulter. Johannes schrie auf und versuchte, sich im Pelz festzuhalten. Blanka wimmerte, den Kopf in Rainalds Halsbeuge vergraben. Johannes schien fast so schwer zu sein wie ein Erwachsener; fast so schwer wie Wolfram, als Rainald damit kämpfte, seinen Leichnam auf Caesars Rücken zu heben. Er würde nicht einmal mehr die Hälfte schaffen mit dieser Last; mit viel

Glück würde er bis zum Galgen gelangen und dort einen letzten, kurzen Kampf mit bloßen Händen führen. Vermutlich war es eine Art von poetischer Gerechtigkeit, zu Füßen des Galgens zu sterben. Er taumelte vorwärts.

Zu seiner Überraschung waren die Wölfe nicht mehr da. Er drehte den Kopf. Er sah sie über den Schnee hetzen, einer kleinen, schmalen Gestalt hinterher, die auf die Obstbäume zulief. Rainald rannte weiter. Es war wie an der Fähre, nur, dass Rainald diesmal nicht mit dem Schwert dazwischentreten würde. Das Schwert lag irgendwo dort hinten im Schnee. Die Wölfe schienen beinahe unecht zu sein, Wesen aus einem dunklen Traum, die über der weißen Fläche dahinflogen und mit jedem Satz zu der flüchtenden Klosterschwester aufschlossen. Sie schrie immer noch, schwenkte die Arme; Rainald sah, wie sie den Schleier verlor und nicht einmal stockte. Der Schleier flappte wie ein schmutzig weißer Vogel durch die Luft, gaukelte auf den Boden – die Wölfe rannten darüber hinweg, und er war verschwunden. Die Wölfe würdigten Rainald und die Kinder keines Blickes.

»Es klappt, bei Gott, es klappt!«, keuchte Rainald und wusste nicht, dass er es laut gesagt hatte. Er versuchte, noch schneller zu laufen. Die Stadtmauer schwankte, und ihre Umrisse lösten sich bei der Erschütterung jedes Schritts in mehrfache Konturen auf. Rainald stierte sie an wie ein Verdurstender einen Brunnen. Er sah undeutlich, wie die Wachen auf dem Wehrgang zusammenliefen und nach draußen deuteten.

»Macht das Tor auf!«, brüllte er. »Die Wölfe sind hinter uns her!« Er ahnte, dass sie ihn über die Entfernung hinweg nicht hören konnten. Er brüllte es dennoch ein zweites Mal; er fühlte sich fast glücklich, dass es überhaupt Sinn zu geben schien, es zu brüllen. Er rannte am Galgen vorbei, fühlte den kalten Hauch seiner Gegenwart und vergaß ihn wieder. Schon ließ sich bei den Männern auf dem Wehrgang erkennen, welche Farben ihre Tuniken hatten und ob sie Bärte trugen oder nicht. Johannes stöhnte und ächzte und war ein Mühlstein auf der rechten Schulter, Blanka eine unwesentlich leichtere Last auf seinem linken Arm. Rainalds Muskeln und Sehnen brannten, jeder Atemzug bestand aus Feuer.

»Macht das Tor auf!«

Er wandte sich im Laufen um. Der Schock traf ihn wie ein Schlag. Die Wölfe waren wieder auf seinen Fersen, ein Angriffskeil aus einem Dutzend und mehr Tieren. Vielleicht bildete er es sich nur ein, doch er konnte ihre Pfoten über den Schnee hetzen hören. Hinter ihnen, am Ende des Rudels, mit weiten, raumgreifenden Sprüngen: der Anführer. Der wahnsinnig gewordene Schäferhund. Er überragte alle anderen und bellte und geiferte wie ein tobsüchtiger Drache, trieb sein Rudel vor sich her.

»Macht das Tor ...«

Die Wachen hatten ihre Bögen gehoben und gespannt. Sie zielten auf ihn. Es war ein zweiter Schock. Er hatte vergessen gehabt, dass der Unterschied, ob die Wölfe ihn kriegten oder die Bürger der Stadt, nur darin lag, dass er auf unterschiedliche Art sterben würde. Beinahe wäre er stehen geblieben.

»Lauf weiter und vertraue!«, flüsterte eine Stimme in seinem Ohr.

Fünf Schritte weiter wurde ihm klar, dass es nicht die Stimme Blankas gewesen war. Die Pfeile auf den Bogen folgten ihm. Hundertfünfzig Schritte. Auf diese Entfernung würden sie nicht vorbeischießen. Hundertzwanzig Schritte. Auf diese Entfernung würden sie absolut tödlich sein. Hundert Schritte … ein Treffer würde jeden Einzelnen von ihnen auf den Boden nageln. Er hatte die Stimme gekannt. Seine Haare stellten sich auf. Sein Herz wollte vor Erschöpfung zerspringen. Die Wölfe japsten und knurrten, ihre Pfoten trommelten so schnell wie sein Herzschlag. Er konnte sie riechen. Er hatte die Stimme gekannt.

»Gnade!«, schrie er. »Macht das Tor auf!«

Die Pfeilspitzen folgten ihm. Ein Gesicht tauchte zwischen den Stadtwächtern auf. Als er es das letzte Mal gesehen hatte, hatte es noch blasser und verbissener ausgesehen als jetzt und ihn erneut über eine Schwertklinge hinweg angesehen. Sie hatten keine Worte mehr gewechselt. Sie hatten nur einen langen Blick ausgetauscht. Rainald hatte ihm nicht standhalten können. Von den fünf Trecks, die er in der Zeit zwischen Sophias Tod und dem ersten Schnee überfallen hatte, waren drei von Ratsherr Dielsdorfer gewesen. Er hatte den Mann vermutlich ruiniert.

Dielsdorfer bellte einen Befehl. Die Stadtwächter spannten die Bögen noch weiter.

»Verschont die Kinder!«, schrie Rainald. »Um Christi Willen, verschont die Kinder.« Er glaubte das Knarren der aufs äußerste gespannten Bögen zu hören. Gott hatte keinen Handel abgeschlossen.

Etwas schnappte nach ihm und verfehlte ihn. Er spürte heißen Atem an seiner Seite. Vor seinen Augen tanzten schwarze Muster, zwischen ihnen das Dreiecksgesicht eines Wolfs, zusammengesetzt aus der Schwärze und dem Weiß des Schnees. Rainalds stöhnte und schlug einen Haken. Das Blut rauschte in seinen Ohren. Sein Brustkorb stand in Flammen. Die Pfeilspitzen folgten seinem Manöver.

»Schont die Kinder«, keuchte er. Er keuchte es mehr zu sich selbst. »Schont sie. Sie haben nichts falsch gemacht. Ich bin es, der alles falsch gemacht hat. Tötet mich, aber schont die Kinder.«

Er spürte Blankas kleine Hände, die ihn fast erwürgten. Er spürte Johannes, der trotz der Schmerzen versuchte, sich steif zu machen, damit Rainald ihn leichter tragen konnte. Er starrte zur Stadtmauer hinauf, noch sechzig, noch fünfzig Schritt entfernt, starrte in die Augen des Mannes, der ihn einst willkommen geheißen und dem er allen Schaden zugefügt hatte, den er nur konnte. Dielsdorfer grinste. Er nickte ihm zu.

Die Bogenschützen feuerten.

* * *

Rainald sah die Pfeile heranfliegen. Einen gähnenden Moment lang hingen sie in der Luft, scheinbar bewegungslos. Er war es, der auf sie zuzurasen schien. Seine Beine hatten den Bodenkontakt verloren, die Kinder auf seinen Armen wogen nichts mehr. Nur noch ein einziges Geräusch war hörbar: Sommerwind, der durch die

Baumwipfel strich. Er spürte die warme Brise auf der Stirn. So war es also, wenn man starb. Er hatte es sich schlimmer vorgestellt. Er hörte die Pfeile einschlagen, aber er spürte keinen Schmerz.

## *Der Jahrhundertwinter*

Teil 5

Die Banditen leisteten keinen Widerstand. Es war, wie Alvin gesagt hatte: Sie waren halbverhungerte Pächter. Dies war tatsächlich das Land Gerhard von Cramms, und er hatte die Männer und ihre Familien Anfang Dezember aus ihren Hütten vertrieben, nachdem sie ihm den Pachtzins schuldig geblieben waren. Cramm hatte das Recht dazu, zumindest vor dem Gesetz. Aber alle, selbst Otto von Bismarck, fanden, dass es ein höheres Recht gab als das Gesetz und dass es verletzt worden war. Dagegen tun konnten sie nichts. Die Banditen standen resigniert herum und ließen sich ihre wenigen Waffen – ein Beil, ein paar Messer und selbstgeschnitzte Prügel – abnehmen, ohne sich zu wehren. Der verzweifelte Hass, der ihnen von den Männern entgegenschlug, nahm Alvin fast den Atem.

»Beseitigt das Hindernis auf den Gleisen«, sagte er und versuchte, nicht zu barsch zu klingen.

»Aber …«, begann einer der Banditen.

»Wird's bald?«, schnappte Bismarck.

»Wie sollen wir das denn machen?«, fragte der Bandit.

»So, wie ihr es aufgebaut habt!«, rief Alvin.

»Aber …«

»JETZT!«, brüllte Bismarck.

Die Banditen zogen die Köpfe ein und stapften aus dem Wald ins Freie hinaus und zu den Gleisen. Es schneite immer noch heftig und war noch dunkler geworden, aber der Sturm schien sich beruhigt zu haben. Die Flocken tanzten vom Himmel, ohne einem ins Gesicht zu peitschen. Alvin, Paul und Bismarck folgten den Banditen, die, von den Knechten überwacht, an den Baumstämmen herumzerrten. Nach einer kurzen Weile begannen die Knechte, ihnen zu helfen. Die Baumstämme bewegten sich so gut wie nicht.

Bismarck schnaubte aufgebracht.

»Warum haben deine Leute das Kreuzzeichen gemacht, als ich von dem Reiter erzählte?«, fragte Paul.

Alvin legte ihm freundschaftlich die Hand auf die Schulter. »Eine seltsame Geschichte«, sagte er. »Otto und ich erzählen sie dir zu Hause vor dem Kaminfeuer.«

»Irgendwas stimmte an dem Reiter nicht …«, sagte Paul.

Alvin spürte, wie ein abergläubisches Gefühl von ihm Besitz ergriff. Er blickte zu Boden, damit Paul nicht sah, wie sich seine Züge anspannten.

»… ich komm nur nicht drauf, was.«

»Hoffen wir, dass deine Kameraden heil in Genthin ankommen«, sagte Alvin. Und bei sich dachte er: Gott sei ihren Seelen gnädig.

Ein schriller Pfiff ließ sie zusammenzucken. Ungläubig starrten sie in die Richtung, aus der er gekommen war. Durch den Schnee sahen sie etwas heranstampfen,

Funken sprühend, fauchend, eine gewaltige Rauchfahne hinter sich herziehend wie eine Gewitterwolke. Der Pfiff ertönte erneut. Zwei Lichter ruckelten und zitterten unter der Rauchfahne und dem Funkensprühen.

»Das ist eine …«, begann Alvin.

»… Lokomotive!«, schrie Paul. »Sie kommt aus Genthin! Kruzifix, sie wird auf das Hindernis auffahren!« Er rannte auf den Bahndamm hinauf und lief der Lokomotive winkend entgegen.

Alvin hörte ihn brüllen: »Halt! Haaaalt!« Er selbst stand einen Augenblick unschlüssig da, dann riss er einem seiner Knechte einen der brennenden Äste aus der Hand, den dieser aus dem Lagerfeuer genommen hatte und als Fackel benutzte. Hastig eilte er damit ebenfalls auf den Bahndamm und rannte Paul hinterher. Er schwenkte den Ast. Die Flammen erloschen beinahe, aber glühende Asche und Funken sprangen davon. Er hoffte, dass der Lokführer dieses Signal sehen würde. Paul, der der Lok ohne jedes Licht entgegenlief, würde er sicher nicht sehen. Alvin rannte und verfluchte seine von der Kälte steifen Glieder. Wenn er den Lokführer nicht warnen konnte, musste er wenigstens Paul einholen und ihn von den Gleisen zerren, bevor die Lok ihn erfasste.

Ein dritter Pfiff gellte. Die Lok stampfte. Das Zischen des Dampfs hörte sich an, als würde ein riesiges Tier herankeuchen. In zwei gewaltigen Fontänen stob links und rechts der Schnee vor dem eisernen Schneeräumer davon, der an die Vorderseite der Lok montiert war.

Paul war direkt vor Alvin. Die Lok raste heran. Die Schneefontänen ließen sie so groß wirken wie ein Haus.

»Halt!«, schrie Paul und winkte. »Halt!«

Die Lok war so nahe, dass sie Alvins gesamtes Blickfeld zu füllen schien. Sie schob einen Schwall aus zerstäubtem Schnee, aus heißer Luft, Kohlen- und Brandgeruch vor sich her. Der Schwall traf Alvin wie ein Stoß und ließ ihn stolpern. Ein vierter Pfiff.

Alvin warf den brennenden Ast weg, bekam Paul um die Hüften zu fassen, hielt ihn fest und sprang.

Die Lok raste an ihnen vorbei, während sie den Bahndamm hinunterkollerten, ein klackerndes, zischendes, stampfendes, brüllendes Ungetüm. Alvin bildete sich ein, ein schreckensstarres Gesicht aus dem Führerstand herausschauen zu sehen, rot beleuchtet vom Feuer aus dem Feuerloch. Der von der Lok beiseitegeschleuderte Schnee prasselte auf sie herab und begrub sie unter sich. Er hörte das Kreischen von metallenen Rädern, die auf Schienen dahinrutschten, weil jemand die Bremse gezogen hatte. Er hörte Pfiff um Pfiff, als würde die Lok Warnrufe ausstoßen. Geschrei ertönte. Er dachte, das Knallen eines Schusses zu vernehmen. Die Lok zog einen offenen Waggon hinter sich her, dessen Räder ebenfalls blockierten. Männer hockten auf der Ladefläche, hielten sich aneinander fest und stierten ebenfalls zu ihnen herunter. Ihre Gesichter flogen vorbei.

Spuckend richtete Alvin sich aus dem Schnee auf und zog Paul mit sich. Paul hustete und schüttelte den Kopf. Zu zweit starrten sie dem kleinen Zug hinterher, dessen Lok, auf einem viele Meter langen Funkenschweif reitend, über die Gleise rutschte, auf das Hindernis zu.

Keine fünf Mannslängen davor kam der Zug zum Halten; die Lok dampfte, keuchte, spuckte Rauch und Feuer.

»Kruzifix«, sagte Paul.

»Frohe Weihnachten«, sagte Alvin.

Sie erreichten Genthin, als die Kirchenglocken von St. Trinitatis zur Christvesper riefen. Es war nun vollkommen dunkel, aber hinter allen Fenstern leuchteten Kerzen und ließen die Schneeflocken, die in ihren Lichtschein taumelten, golden aufleuchten. Menschen stapften durch den Schnee und wünschten sich frohe Weihnachten. Paul kam sich vor, als sei er in einer anderen Welt gelandet.

Sie hatten geplant, die Banditen nach Genthin zu bringen und dort einsperren zu lassen. Aber in den chaotischen Momenten, als es so ausgesehen hatte, als würde die Lok in das Hindernis hineinrasen, hatten sich die Gefangenen aus dem Staub gemacht. Bismarck hatte einen Warnschuss abgefeuert, aber es dann offensichtlich nicht übers Herz gebracht, hinter den Fliehenden hinterherzuballern und sie in die Rücken zu schießen. Er hatte gebrummt, dass Alvins Knechte unaufmerksame Trunkenbolde waren, aber Alvin war klar gewesen, dass Willem und die anderen die Flüchtenden nicht hatten aufhalten wollen. Sie verstanden die Lage der ehemaligen Pächter nur zu gut. Alvin war es recht; im Grunde hatten die Banditen keinerlei Schaden angerichtet. Die Tatsache, dass Bismarck die Sache auf sich beruhen ließ, ließ ihn ahnen, dass dieser ähnlich fühlte. Auch Paul, der sich über die

Idee, einen Zug zu überfallen, anfangs am meisten empört hatte, schien mit dem Ausgang der Geschichte einverstanden.

Die Lok war von Genthin aus losgeschickt worden. Sie war nur eine Arbeitslok, die eigentlich am Magdeburger Bahnhof stationiert gewesen wäre, aber aus irgendwelchen Gründen seit Tagen in Genthin im Lokschuppen herumgestanden hatte. Die Bahnbeamten hatten sie flottgemacht, einen Frachtwaggon drangehängt, einen behelfsmäßigen Schneeräumer montiert, ihn mit freiwilligen Helfern, Rettungswerkwerkzeugen, warmen Decken und Lebensmitteln beladen und losgeschickt, um den verschollenen Zug aufzuspüren. Der Lokführer hatte, nachdem er sein Gespann zum Stehen gebracht hatte, vorsichtig wieder Dampf gegeben, und die große metallene Schneeschaufel hatte die Baumstämme vom Gleis geschoben. Paul hatte dem Lokführer Anweisungen gegeben, wo er den verunglückten Zug vermutete, und ihm das Ausmaß des Unfalls geschildert. Der Rettungszug war weitergefahren, schnaubend und dampfend und sie alle und den Schnee im weiten Umkreis einrußend. Paul dachte, kaum jemals etwas eingeatmet zu haben, das besser duftete als der Ruß und der heiße Dampf und der Rauch aus dem Schornstein der Lok.

Die Bahnbeamten kamen ihnen jetzt entgegen und begrüßten sie freudig. Bismarck hatte es sich nicht nehmen lassen, voranzureiten und den Eisenbahnern vermutlich eine Version der Geschichte aufzutischen, in der er am besten wegkam. Nun folgte er den Eisenbahnern, schneidig und stramm in seinem Kutschermantel wirkend, eine Zigarre zwischen den Lippen und mit einem zufriedenen Grinsen im Gesicht.

Paul war es einerlei. Er fragte hastig: »Sind vier Männer hier angekommen? Einer zu Pferd, die anderen zu Fuß? Es sind ebenfalls Reisende aus dem verunglückten Zug.«

»Heißt einer davon Scipio Eduard Kühne?«, fragte der Bahnhofsvorsteher. Er bestätigte, dass die Männer angekommen waren, und sah im Fall Kühnes so aus, als wünschte er sich, dies wäre nicht der Fall gewesen.

»Gott sei Dank«, stieß Paul hervor. »Ich schäme mich. Ich habe an dem Mann gezweifelt, den Sie ausgeschickt haben.«

»Wir haben niemanden ausgeschickt«, erklärte der Bahnbeamte befremdet. »Das heißt, wir haben um die Mittagszeit jemanden losgeschickt, aber der kam bald wieder zurück, weil kein Durchkommen durch den Sturm war.«

»Aber … der Mann, der sich als Ihr Beauftragter ausgab, hat meine Kameraden nach Genthin geführt!«

Der Bahnbeamte schüttelte den Kopf. »Herr Kühne hat die Gruppe hierhergebracht. Sagte er jedenfalls.« Er beugte sich vertraulich zu Paul. »Hab es ohnehin nicht geglaubt.«

»Und wo … wo ist der Reiter?«

»Welcher Reiter? Die drei Männer kamen zu Fuß hier an. Ich habe mich schon gewundert, dass Sie von vier Leuten gesprochen haben.«

Paul warf Alvin einen hilflosen Blick zu. Zu seiner Überraschung sah er, dass sein Freund bleich geworden war.

»Der Pfadfinder«, flüsterte Alvin.

»Pfadfinder?«, wiederholte der Bahnbeamte. Dann verengten sich seine Augen. Er schlug das Kreuzzeichen. »Lieber Himmel, Herr von Briest, Sie meinen doch nicht …«

»Was zum Henker ist das für eine Geschichte!?«, rief Paul, plötzlich aufgebracht vor Verwirrung. Dann traf es ihn wie ein Schock, weil er, gerade noch am Rand des Lichtkreises, den die Laternen am Bahnhofsgebäude warfen, einen jungen Mann entdeckte, der breit grinste.

Der junge Mann war der mysteriöse Reiter.

Paul zeigte auf ihn. Er versuchte, Worte zu finden.

Der junge Mann nickte ihm zu und zuckte gleichzeitig mit den Schultern.

Für einen winzigen Moment, in dem sich alles um Paul drehte, glaubte er, dass nur er allein den Mann sehen könne, weil alle anderen mit ausdruckslosen Gesichtern in seine Richtung starrten. Doch auf einmal ertönte ein wütender Aufschrei, Paul fühlte sich beiseitegestoßen, und Otto von Bismarck stürmte an ihm vorbei. Der junge Mann am Rand des Lichtkreises zuckte zusammen, wirbelte herum und rannte in die Dunkelheit davon. Bismarck folgte ihm brüllend.

Wenige Augenblicke später tauchten beide wieder auf. Bismarck führte den jungen Mann vor sich her. Die Mündung seines Revolvers presste er ihm hinter dem Ohr an den Kopf. Der junge Mann lächelte jetzt nicht mehr, sondern war bleich. Vor den anderen hielten sie an. Die Blicke des jungen Mannes bohrten sich in Pauls Augen, aber er wagte es offenbar nicht, etwas zu sagen.

Bismarck sah grimmig triumphierend aus. »Der hier«, knurrte er, »ist mein Weihnachtsgeschenk.«

Paul fand seine Stimme wieder. »Was soll das?«, fragte er.

»Dieses Subjekt«, sagte Bismarck und gab dem jungen Mann einen Stoß, »ist Hermann Bruno Thiem, gesuchter Betrüger, Dieb und Gelegenheitsfälscher in meinem Gerichtsbezirk!«

»Hermann Bruno Otto Thiem«, korrigierte der junge Mann vorsichtig.

»Der Name Otto ist zu gut für dich!«, blaffte Bismarck. »Und jetzt erklär uns mal, was du hier machst am Heiligen Abend!«

Thiem presste die Lippen zusammen und schwieg.

Paul antwortete an seiner Stelle, weil ihm plötzlich ein Licht aufging. Er dachte an den schweren Ackergaul, auf dem der junge Mann geritten war. »Er war bei den Banditen«, sagte er. »Deshalb haben die Kerle die Baumstämme nicht wieder vom Gleis schaffen können – weil sie sie auch nicht mit der Hand dorthin gebracht haben. Thiem hat ein Pferd, einen mächtigen Kaltblüter. Der Gaul hat ihnen geholfen.«

»Banditen?«, fragte Thiem unschuldig und zuckte dann zusammen, weil Bismarck ihm die Mündung des Revolvers grob gegen den Hinterkopf stieß.

»Und als der Zug, auf den ihr alle gewartet habt, zu lange ausblieb, haben die Banditen Sie ausgeschickt, um nachzusehen, was passiert war – weil Sie ein Pferd hatten und damit die beste Chance, durch den Schneesturm zu kommen. Es sah so aus, als wären Sie aus Richtung

Genthin gekommen, als Sie auf uns stießen, dabei kamen Sie nur aus dem Waldstück, in dem ihr euch versteckt hattet. Als Sie uns sahen und mit uns redeten, wurde Ihnen klar, dass der Zug verunglückt war. Sie fassten den Entschluss, uns in die Irre zu führen und auszurauben, um wenigstens etwas Beute zu machen. Hab ich recht?«

»Keine Ahnung, wovon der Mann spricht«, klagte Thiem.

Paul wandte sich an den Bahnbeamten. »Können Sie mir sagen, wo ich Scipio Eduard Kühne finde? Der Herr wird uns sicher all das bestätigen können, was ich gerade gesagt habe.«

»Du lieber Gott«, rief Thiem, »lieber gebe ich alles zu, als dass ich nur noch fünf Minuten in der Gegenwart dieser Kanaille verbringen muss. Der ist mir fast um den Hals gefallen, als ich mich vor Genthin verabschiedete und ihm sagte, er könne meinetwegen ruhig angeben, dass er die Gruppe hierhergebracht habe. Den wird am Jüngsten Tag der Teufel rausschmeißen, weil er der Hölle einen schlechten Ruf gibt.«

»Was geben Sie zu?«, fragte Paul.

Thiem holte Atem. »Alles«, sagte er. »Wenn Herr von Bismarck die Waffe wegnimmt. Aber es ist etwas anders, als Sie denken.«

Es brauchte einiges an Überredungskunst, um Bismarck dazu zu bringen, den Revolver wieder einzustecken. Das Läuten der Vesperglocken hatte mittlerweile aufgehört. In die Stille des durch den goldenen Lichtschimmer fallenden Schnees hörte man den Gesang aus der Kirche.

Thiem seufzte und setzte sich mit hängenden Schultern auf die Holzplanken des Bahnsteigs. »Bis zu dem Punkt, an dem ich auf Sie und Ihre Gruppe traf, stimmt das, was Sie gesagt haben. Und ja, Sie haben sogar meine Absicht richtig erraten, Sie im Schneesturm im Kreis zu führen, bis Sie alle zu erschöpft wären, um mir Gegenwehr zu leisten.«

»Dafür lass ich dich hängen, Thiem«, knurrte Bismarck.

Der junge Mann hob müde die Hand. »Bin noch nicht fertig«, sagte er. »Weil – wenn das alles wäre, was ich zu sagen habe, dann wären Kühne und die beiden anderen jetzt nicht warm und sicher in der Kirche oder sonst wo und würden Weihnachtslieder singen.«

Bismarck funkelte Thiem an, sagte aber nichts mehr.

Thiem deutete auf Paul. »Sie sind schuld«, sagte er.

»Woran?«, fragte Paul.

»Bevor Sie allein zurückblieben, dachte ich, dass ich eigentlich im Recht wäre. Meine Familie hat nichts zu beißen, die Familien der Männer, mit denen ich mich zusammengetan habe, um den Zug auszurauben, haben nichts zu beißen ... und auf der anderen Seite waren da diese fetten, faulen, selbstzufriedenen Leute, die mit einem der stinkenden Züge am Heiligen Abend durch die Gegend fuhren, zweifellos, um noch fetter, fauler und selbstzufriedener zu werden ... mit einem dieser Züge, deren Schienen die Landschaft zerschneiden und die die Reichen noch reicher gemacht haben mit Bestechungsgeldern für Landabtretungen und Schienen-Verlegerechten und zusätzlichen Haltestationen und was weiß ich noch alles! Ich hörte Kühne zu und verstand, was für ein Typ einer wie er ist, und hielt mich für bestätigt in all meinem Zorn und in meinem Recht, ihn und die anderen auszurauben und im Schneesturm verenden zu lassen. Aber dann standen Sie plötzlich da und weigerten sich, mitzukommen, weil Sie mir misstrauten und weil Sie das Gefühl hatten, dass etwas nicht stimmte. Sie machten kein großes Geschrei oder so. Sie waren einfach nur bereit, für Ihre Überzeugung einzustehen und alles, was daraus erwuchs, selbst auszubaden. Ich schämte mich auf einmal dafür, was ich vorhatte, und je länger ich mit den anderen unterwegs war, desto mehr wurde mir klar, dass ich meinen Plan nicht mehr ausführen konnte. Also brachte ich sie stattdessen in Sicherheit. Und wissen Sie was – Sie sind auch schuld, dass ich jetzt hier sitze und Herr von Bismarck mir mit dem Strick droht. Ich hätte mich in all dem Trubel hier ganz einfach davonstehlen können, aber dann sah ich Sie hier stehen und war froh, dass Sie es geschafft hatten, und wollte Ihnen irgendwie zu erkennen geben, dass ich kein so übler Kerl bin, wie Sie dachten.«

Paul räusperte sich. »Das ist Ihnen gelungen.«

Thiem sah zu Bismarck auf. »Gratuliere zu Ihrem Fang. Steht nicht auch ein Kopfgeld für mich aus?«

»Sind nur ein paar Groschen«, erwiderte Bismarck garstig. »Werde sie dem Henker geben, damit er es gnädig mit Ihnen macht.«

»Lassen Sie den Mann laufen, Herr von Bismarck«, sagte Paul.

Bismarck schien fassungslos. »Nonsens!«, stieß er hervor. »Der Mann wird gesucht.«

»Nicht für das, was er heute getan hat.«

»Spielt keine Rolle!«

»Bitte. Es ist Weihnachten! Er hätte drei Menschen in den Tod führen können. Stattdessen hat er drei Menschen gerettet.«

Bismarck zögerte. Er zögerte so lange, dass Paul überlegte, ihm mit einer schnellen Bewegung den Revolver zu entreißen und Thiem so die Gelegenheit zur Flucht zu geben. Plötzlich steckte Bismarck den Revolver ein. Seine Schultern strafften sich.

»Will verdammt sein«, schnarrte er mit seiner heiseren Stimme. »Formidable Verwechslung. Kann mich nur entschuldigen. Sehen einem Gauner, den ich kenne, vermaledeit ähnlich, mein Herr.« Er gab dem völlig überraschten Thiem die Hand und zog ihn damit gleichzeitig auf die Beine. »Würde mir ein anderes Gesicht stehen lassen an Ihrer Stelle.« Dann warf er Paul einen langen Blick zu, den dieser nicht deuten konnte, und wandte sich schließlich an Alvin. »Gilt deine Einladung noch? Denke nämlich, dass ich es heute wirklich nicht mehr nach Schönhausen schaffe.«

»Ich ...«, begann der fassungslose Thiem.

»Mann, hauen Sie bloß ab«, raunte Paul. »Es ist alles gesagt!«

Thiem starrte ihn an. »Frohe Weihnachten«, stieß er hervor, dann eilte er auf wackligen Beinen davon.

Bismarck drehte sich zu dem Bahnhofsvorsteher um und legte die Hand an seine Pelzmütze. Der Vorsteher und sein Assistent standen unwillkürlich stramm und salutierten. »Verlasse mich darauf, dass meine ... hmm ...

Verwechslung nicht an die große Glocke gehängt wird. Wäre mir peinlich.«

»Selbstverständlich«, erwiderte der Bahnhofsvorsteher zackig.

»Und vielleicht erklärt mir endlich mal jemand, was es mit dieser Pfadfindergeschichte auf sich hat?«, verlangte Paul.

Alvin schilderte es ihm mit knappen Worten.

Paul blinzelte. »Und du hast ... du hast geglaubt, Thiem wäre der Geist des Pfadfinders, als ich von ihm erzählte?«, fragte er.

»Nie im Leben«, sagte Alvin.

Paul begann zu lachen. »Und von uns in Bayern heißt es, wir wären abergläubisch. Nicht zu fassen. Wisst ihr was?« Er breitete die Arme aus in einer Geste, die auch Otto von Bismarck mit einschloss. »Lasst uns endlich nach Briest fahren. Louise wartet sicher auf uns. Und wir haben eine Geistergeschichte zu erzählen von einem Geist, der am Ende ein einfacher Gauner war.«

»Eine Verwechslung«, brummte Bismarck. »Es gab keinen Gauner. So wenig, wie es Geister gibt.«

## *Der Hirte*

Teil 5

Der Wolf an Rainalds Seite jaulte auf und überschlug sich. Von Rainalds anderer Seite war das gleiche, abrupte Japsen zu hören und das Knirschen, mit dem sich ein Körper in den Schnee bohrte. Rainald hörte die Pfeile an sich vorbeisirren. Plötzlich spürte er den Boden wieder. Das Gewicht der Kinder ließ ihn stolpern. Weitere Wölfe jaulten auf, weitere Geräusche von einschlagenden Pfeilen ertönten hinter ihm. Das Stadttor war ein Wall aus grauem Holz mit Eisenbändern und Beschlagnägeln. Er hörte das Röcheln der Wölfe und dazwischen das Geifern und fast menschliche Stöhnen der Bestie, die ihr Anführer gewesen war. Rainald konnte nicht anders – er sah sich im Laufen um.

Der Hund hatte die letzten beiden Wölfe überholt. Diese zuckten fast gleichzeitig zusammen und rollten über den Boden, schlagende Läufe, tot, bevor sie den Boden berührt hatten. Der Hund rannte. Rainald sah seine wahnsinnigen Augen, den aufgerissenen Rachen, die Zähne. Pfeile schlugen neben ihm in den Boden. Es sah aus, als würde er nicht einmal ausweichen; es war, als würde etwas die Geschosse von ihm ablenken, ein unsichtbarer Schutzschild aus Bösartigkeit und Wahnsinn. Er kam näher, er wuchs und wuchs und schien in Rainalds Augen so groß zu werden wie ein Pferd. Rainald warf sich herum. Einer der Torflügel stand zwei Mannsbreiten offen. Rainald spürte den Atem seines Verfolgers. Johannes schrie auf. Rainald machte einen verzweifelten Satz. Er würde es nicht schaffen.

Das Tor knallte hinter Rainald zu. Etwas prallte dumpf von draußen dagegen und erschütterte es. Die Stadtwachen fuhren zurück. Von jenseits des Tores kam ein Heulen, das mehr mit dem Herzen als mit den Ohren zu hören war und vor Hass triefte. Es erbebte noch einmal, als sich ein schwerer Körper dagegenwarf. Die Ketten rasselten. Dann war es still. Die Stadtwachen bekreuzigten sich.

Rainald drehte sich um und verstand erst jetzt, dass er es geschafft hatte. Seine Knie gaben nach. Er drückte sie durch. Die Stadtwachen um ihn herum starrten ihn mit großen Augen an. Blanka wimmerte. Er presste sie an sich. Johannes stöhnte. Er rückte ihn auf seiner Schulter zurecht. Er merkte, wie der Boden zu schwanken anfing, erkannte, dass er es war, der schwankte, und holte Atem. Die Ränder seines Gesichtsfelds begannen sich auflösen. Er drängte die Gräue zurück. Sein Herz stach.

Jemand schob die Stadtwachen beiseite und drängelte sich durch sie hindurch. Dicht vor Rainald blieb er stehen.

»Herr von Mandach«, sagte Dielsdorfer.

»Herr Dielsdorfer.«

Die beiden Männer nickten sich zu.

»Warum?«, fragte Rainald.

Dielsdorfer grinste, so wie er auf der Mauerkrone gegrinst hatte, bevor er den Befehl gegeben hatte, auf die Wölfe zu schießen und nicht auf die Flüchtlinge. Ein Mitglied der Stadtwache trat an ihn heran.

»Bürgermeister Dielsdorfer?«

»Was gibt's?«

Der Stadtknecht flüsterte Dielsdorfer etwas ins Ohr. Dielsdorfer zuckte mit den Schultern.

»Drei oder vier Wölfe sind entwischt«, sagte er zu Rainald. »Ich denke, von ihnen geht keine Gefahr aus.«

»Warum?«, wiederholte Rainald. Blanka wimmerte erneut. Rainald ließ zuerst sie, dann Johannes zu Boden gleiten. Blanka drängte sich an ihn, Johannes hielt sich an seiner Hand fest und ächzte, als er versuchte, auf dem verletzten Fuß aufzutreten.

Dielsdorfer bückte sich und sah beiden Kindern in die Gesichter.

»Ich kenne euren Papa«, sagte er.

»Woher?«, fragte Johannes, als Blanka keinen Ton von sich gab.

Dielsdorfer und Rainald wechselten einen Blick.

»Ich habe ihn und eure Mutter auf eurer Burg willkommen geheißen – vor langer Zeit«, sagte der Bürgermeister schließlich. »Als die Winter wärmer und die Sommer sonniger waren und ich nur ein Ratsherr, der glaubte, dass die Verantwortung des Bürgermeisters doch ganz leicht zu tragen wäre.« Dielsdorfer zwinkerte Rainald zu.

»Mama ist bei den Engeln«, sagte Blanka.

»Ich weiß«, sagte Dielsdorfer. Er lächelte sanft. Dann richtete er sich auf.

»Warum, Rainald von Mandach?«, fragte er. Plötzlich lachte er. »Heute ist der Tag der Geburt Jesu Christi. Er ist in die Welt gekommen, hat alle unsere Sünden auf sich genommen, und im Sterben hat er uns allen vergeben.« Er streckte die Hand aus. Rainald starrte sie an.

»Wir haben vom Tod Eurer Frau gehört, aber wir haben nichts unternommen, um Euch zu helfen oder wenigstens unser Mitgefühl auszudrücken. Wir haben uns schäbig benommen. Wir waren schlechte Verbündete. Bitte vergebt uns.«

Rainald starrte die Hand des Bürgermeisters weiterhin an.

»Ich ...«, sagte er schließlich und konnte nicht weitersprechen. Er zog sich den Handschuh von den Fingern und ließ ihn fallen. Dann fasste er nach der Hand des Bürgermeisters, als wäre sie aus Glas. Dielsdorfer erwiderte den Händedruck.

»Willkommen, Herr von Mandach«, sagte er. »Gesegnetes Christfest.«

* * *

»Könnt Ihr mir ein paar Männer mitgeben?«, fragte Rainald.

»Wozu?«

»In meiner Begleitung befand sich eine junge Klosterschwester. Sie hat uns gerettet. Die Wölfe haben sie gekriegt. Ich möchte Ihren Leichnam nicht draußen liegen lassen.« Es kostete Kraft, äußerlich gelassen zu bleiben.

»Wir haben niemanden gesehen«, sagte Dielsdorfer. »Nur Euch und wie Ihr mit den Kindern auf die Stadt zugelaufen kamt.«

»Schwester Venia hat versucht, die Aufmerksamkeit der Wölfe auf sich zu ziehen. Sie hat uns den Vorsprung verschafft, der uns gerettet hat.«

Dielsdorfer sah ihn so lange an, dass Rainald glaubte, der Mann habe ihn nicht verstanden.

»Schwester Venia ...«, begann er erneut.

Dielsdorfer nahm seinen Arm. »Kinder, euer Vater und ich müssen etwas bereden«, sagte er über die Schultern. »Einer der Stadtknechte wird euch zu meinem Haus bringen.« Er zwinkerte erneut. »Ich habe fünf Kinder, die schon darauf warten, dass wir endlich mit dem Essen anfangen. Setzt euch dazu. Euer Vater und ich kommen gleich nach.«

»Aber ...«, sagte Rainald.

»Ich muss Euch etwas zeigen«, sagte Dielsdorfer. Rainald stolperte neben ihm her, dann blieb er plötzlich stehen. Er packte Dielsdorfers Hand.

»Es tut mir leid, was ich Euch angetan habe«, würgte er hervor. »Ich war nicht ich selbst.«

»Na ja, Ihr habt mich eine Stange Geld gekostet«, sagte Dielsdorfer und lächelte. »Und Ihr habt mir gezeigt, was aus einem Mann werden kann, der glaubt, keine Freunde mehr zu haben und dessen Freunde vergessen haben, sich ihm bemerkbar zu machen. Das ist nicht mit Geld aufzuwiegen.«

»Bitte lasst mich Schwester Venia holen«, sagte Rainald. Seine Stimme schwankte. »Ich kann sie nicht draußen liegen lassen. Gott der Herr hat sie mir geschickt.«

»Kommt mit.« Dielsdorfer setzte sich wieder Bewegung, und Rainald folgte ihm, bis sie vor einem Gebäudekomplex wie einer Burg inmitten der Stadt standen.

»Das ist das Kloster von Sankt Irminen«, sagte Dielsdorfer und hämmerte gegen die Klosterpforte.

»Ich bin Bürgermeister Dielsdorfer«, sagte er. »Ich muss die Mutter Oberin sprechen.«

Die Riegel des Klosters scharrten, und die Pforte öffnete sich. Rainald folgte dem Bürgermeister in einen Vorraum, hörte zu, wie Dielsdorfer in ein vergittertes Fenster hineinsprach.

»Wir müssen zur Einsiedlerin«, sagte Dielsdorfer. »Es ist dringend, Mutter Oberin.«

»Sie wird euch nicht empfangen«, sagte eine Stimme hinter dem Fenster.

Dielsdorfer schwieg. Der helle Fleck des Gesichts hinter dem Gitter verschwand.

»Vor zwanzig Jahren«, sagte Dielsdorfer, »war eine kleine Gesellschaft durch den Wald unterwegs zur Stadt. Es war der Weihnachtstag. Es war bitterkalt, der Schnee lag hoch, und ein Wolfsrudel machte die Gegend seit Wochen unsicher. Die Stadt hatte Gruppen von Bewaffneten ausgesandt, um die Reisenden, die erwartet wurden, in Sicherheit zu bringen. Die Gruppe bestand aus einigen Klosterschwestern und den Kindern von drei, vier Familien hier aus der Stadt.«

Dielsdorfer seufzte.

»Alles, was die Stadtknechte fanden, war eine junge

Klosterschwester. Sie war allein und irrte halb besinnungslos im Wald umher, die Kutte zerrissen und voller Blut. Sie brachten sie zurück in die Stadt. Es stellte sich heraus, dass die Gruppe von Wölfen angegriffen worden war. Die junge Klosterschwester konnte als Einzige fliehen; alle anderen fielen den Tieren zum Opfer.«

Die Tür, in der das vergitterte Fenster saß, öffnete sich, und eine ältere Schwester mit einer Laterne in der Hand sah Dielsdorfer und Rainald ohne Neugier an.

»Folgt mir«, sagte sie.

Vor einer Zelle in einem ansonsten vollkommen verlassen scheinenden Gang blieb sie stehen.

»Sie wird nicht öffnen«, sagte sie. »Sie hat zwanzig Jahre lang diese Tür nicht geöffnet. Was sie zum Leben brauchte, haben wir durch diese Klappe hineingereicht. Sie hat zwanzig Jahre kein Wort gesprochen, außer im Gebet.«

Dielsdorfer machte eine auffordernde Geste. Die Oberin klopfte an der Zellentür.

»Schwester Venia?«, fragte sie.

Rainald erstarrte. Sein Mund öffnete sich.

»Macht auf, Mutter Oberin«, sagte Dielsdorfer sanft. »Ich bin sicher, sie hat nichts dagegen.«

Die Oberin sah von Dielsdorfer zu Rainald und zurück. Etwas, das sie in beiden Gesichtern sah, ließ ihren Widerstand erlöschen. Sie wählte einen Schlüssel an ihrem Bund und sperrte die Tür auf. Sie schwang nach innen auf in eine dunkle Zelle.

Rainald fühlte, wie eine Hand seinen Arm ergriff. Dielsdorfer sah zu ihm auf. »Denkt daran: Gott hat sie zu Euch geschickt«, sagte er.

Rainald folgte der Oberin und dem Licht der Laterne. Auf der Pritsche lag eine schmale, stille Gestalt. Rainald sah die eingefallenen Wangen, die leicht geöffneten, blauen Lippen, die Schatten um die geschlossenen Augen. Die Hände waren abgemagert und lagen gefaltet auf ihrem Schoß, gehalten von einem Rosenkranz. Er trat näher, ohne es zu bemerken. Das Licht von der Laterne goss warmes Licht über das wächserne Gesicht und täuschte Wärme und Leben vor, verwischte die Falten und machte es jünger.

»Lauf weiter und vertraue«, sagte Rainald halblaut.

»Schwester Venia«, flüsterte die Oberin und machte das Kreuzzeichen. »Der Herr erbarme sich deiner.«

Rainald sah auf Schwester Venia hinab. Es war nicht schwer, ihr Gesicht unter dem der frühzeitig gealterten Frau zu sehen, deren Leichnam auf der Pritsche lag. Sie hatte geahnt, dass sie sterben würde. Sie hatte sich zurechtgelegt, den Rosenkranz um die Hände gewickelt, die Augen geschlossen und ihre Seele dem Herrn empfohlen – ganz allein, in der dunklen Zelle am Ende des Klosters, und ohne dass es ihren Mitschwestern aufgefallen wäre. Schon zeigten sich die Knochen unter ihrer Haut.

»Jeder sagte, dass es nicht ihre Schuld war und dass sie den anderen nicht hätte helfen können, wenn sie nicht geflohen wäre; dass sie mit den anderen umgekommen wäre. Sie jedoch konnte sich selbst nicht verzeihen, dass der Mut sie verlassen hatte, und sie glaubte auch nicht, dass Gott oder alle anderen um sie herum ihr wirklich vergeben hätten. Sie bat um eine Einzelzelle hier in Sankt Irminen, zog die Tür hinter sich zu, und das war das

Letzte, was irgendjemand von ihr gesehen hat.« Dielsdorfer wies auf den Leichnam. »Bis heute.«

»Sie muss gestern Nacht gestorben sein; oder im Lauf des gestrigen Tags«, sagte Rainald. »Selbst wenn sie hätte fliegen können, hätte sie unmöglich bei mir und den Kindern sein und dann vor uns hierher zurückkehren können, um …« Er brach hilflos ab.

»Wovon spricht dieser Mann?«, fragte die Oberin misstrauisch und rückte einen Schritt von Rainald ab.

»Ja«, sagte Dielsdorfer.

Rainald beugte sich über die Leiche von Schwester Venia. Die Stimme, die vor dem Stadttor in sein Ohr geflüstert hatte, war ihre gewesen. Als er sie gehört hatte, hatte er gewusst, dass sie tot war. Er hatte angenommen, dass die Wölfe sie erwischt hatten. Tatsächlich …

»Ich habe vertraut«, flüsterte er. »Ich habe dem Leben vertraut, Schwester Venia. Diesmal hat es mich nicht im Stich gelassen.«

Bevor jemand ihn zurückhalten konnte, zupfte er an Schwester Venias Gebende, rückte es zurecht und strich mit einer Hand sanft über das kalte, blasse, faltige Gesicht.

»Es ist Euch vergeben«, sagte er. Dann ließ er den Tränen freien Lauf und schämte sich nicht dafür.

# *Der Jahrhundertwinter*

## Teil 6

Moritz stand plötzlich von Louises Schoß auf. Sie unterbrach sich. Moritz kniete sich vor der Krippe nieder und holte die beiden anderen Zinnsoldaten heran, den Offizier und den Feldherrn. Er betrachtete sie. Mit trockenem Mund und schlagendem Herzen sah Louise ihm zu, wie er schließlich alle drei Figuren nahm und sie vorsichtig zu ihren Kameraden legte.

»Willst du sie nicht mehr in der Krippe haben?«, fragte sie und hatte Angst vor der Antwort.

Moritz schüttelte den Kopf. »Daheim«, sagte er und deutete auf den Haufen Zinnsoldaten. »Sind daheim.« Er lächelte. »Oder? Papa, Paul und Onkel Otto sind bald daheim.«

Louise senkte den Kopf, damit der Kleine die Träne nicht sah, die ihr über die Wange rollte. Es gab keinen Grund dafür, aber trotzdem wusste sie, dass die beiden Männer, die sie liebte, und ihr gemeinsamer Freund in Sicherheit waren, dass alles gutgegangen war und dass sie in ein oder zwei Stunden gemeinsam vor dem Baum stehen, sich an den Händen halten und singen und beten würden.

Sie sprang auf. Das Hausmädchen, noch ganz gefangen in der Geschichte, sah benommen zu ihr auf.

»*Vite, vite!*«, rief Louise. »Herr von Briest und seine Freunde werden bald hier sein. Wir müssen das Essen vorbereiten.«

»Geschichte?«, fragte Moritz.

»Sie ist fast zu Ende, mein Schatz. Den Rest erzähle ich dir morgen, einverstanden?«

Moritz nickte. Er kniete sich wieder vor die Krippe und stellte die Figuren der Heiligen Drei Könige vor dem Jesuskind auf. Louise bückte sich, um ihm die Figur mit der Kutte und dem abgeriebenen Gesicht zu geben, auf die er vorhin so viel Wert gelegt hatte. Sie war nirgends zu sehen. Es war, als ob sie nie da gewesen sei. Louise zuckte mit den Schultern und eilte hinaus.

## *Der Hirte*

Teil 6

Ein Wolf hatte es bis zum Galgen geschafft. Dort war er liegen geblieben und verendet. Die Bauern, die am nächsten Tag um ihn herumstanden und ihn musterten, waren schweigsam. Schließlich fasste einer den Mut, an das stille Fellbündel heranzutreten und es herumzudrehen. Die Bauern murmelten und bekreuzigten sich. Der Wolf war kein Wolf, sondern ein großer, zottiger Schäferhund. Seine Augen waren halb geöffnet, seine Kiefer zusammengepresst, als habe er seinen letzten Atemzug voller Hass und Neid getan. Die Bauern bekreuzigten sich erneut.

Plötzlich flog etwas gegen den Kopf des toten Hundes und zerplatzte. Ein Schneeball. Die Erwachsenen fuhren herum. Ein kleiner Junge stand in ihrer Mitte mit einem weiteren Schneeball. Sein Grinsen erlosch, als er die Gesichter um sich herum sah. Er ließ den Schneeball fallen. Die Bauern schüttelten die Köpfe und stapften weiter.

Der Junge blieb zurück. Er starrte den toten Hund an. Mit den Resten des Schneeballs in seinem Fell wirkten seine Kiefer plötzlich nur noch halb so bedrohlich. Der

Junge trat zögernd heran und stupste den Leichnam mit dem Fuß an. Plötzlich seufzte er, streckte eine Hand aus und streichelte den mächtigen Kopf, als hätte er sich daran erinnert, was er zu Hause tat, wenn der Hofhund ihn unvermittelt anknurrte.

Die Kiefer klappten auf, und der Kopf des toten Anführers der Wölfe sank zur Seite. Er sah jetzt viel kleiner aus, ein nasses Bündel schwarzen Fells, in dem sich erste graue Streifen zeigten und viele Narben von Kämpfen, denen sich eine Kreatur gestellt hatte, die das Vertrauen in das Leben verloren hatte.

Der Junge zeichnete mit dem Daumen das Kreuzzeichen auf die Stirn des Hundes, mit sanften, fast zärtlichen Bewegungen. Dann drehte er sich um und lief den anderen hinterher.

# *Nachwort*

Manchmal muss man als historischer Romanautor schummeln. Glauben Sie mir, wenn man es vermeiden könnte, würde man davon Abstand nehmen. Aber wie gesagt, manchmal ...

Die Bahnlinie Berlin – Magdeburg wurde nicht 1845, sondern erst 1846 eingeweiht. Ich habe ihren Bau quasi um ein Jahr vorgezogen. Das geschah, weil die Geschichte vom dramatischen Weihnachtsfest auf Gut Briest, die ich hier erzählt habe, im Jahr 1846 nicht mehr möglich gewesen wäre. Weihnachten 1846 hatten sich die Verhältnisse auf Gut Briest schon völlig verändert. Doch das ist eine andere Geschichte und wird in meinem Roman *Der Jahrhundertsturm* erzählt, der Grundlage für *Der Jahrhundertwinter* bildet.

Ich hatte also die Wahl, entweder meiner eigenen Romanhandlung im *Jahrhundertsturm* zu widersprechen oder der Historie. Wie Sie sehen, war mir in diesem Fall die Integrität meiner Dramaturgie wichtiger. Das ist die Freiheit, die man sich als Geschichtenerzähler manchmal nehmen darf.

Und weil wir schon dabei sind, gleich noch ein historischer Hinweis. Diesmal betrifft er die »Geschichte in der Geschichte«, die Ballade vom Hirten. Tatsächlich gab es Ende des 12. Jahrhunderts mehrere so harte Winter, dass nach den zeitgenössischen Chroniken halbverhungerte Wölfe vor der Trierer Stadtmauer erschienen und Angst und Schrecken verbreiteten. Diese Überlieferung bildet die faktische Basis für die Erzählung vom Hirten. Da es aber feststeht, dass Wölfe normalerweise nicht über Menschen herfallen und das Verhalten der Tiere in der Hirtengeschichte daher unnatürlich ist, haben diese Wölfe als Anführer einen ehemaligen Hirtenhund. Der eigentliche Grund für diesen Dreh ist selbstverständlich die Parallelität der Figur mit dem Protagonisten Rainald – auch dieser war als Ritter eine Art Hirtenhund, der vom Weg abgekommen ist. Aber so war es mir zusätzlich möglich, über die bösartigen Wolfsangriffe zu schreiben, ohne den »normalen« Wölfen damit Unrecht zu tun. Ich mag nämlich Wölfe sehr gern und finde sie, seit ich in freier Natur einmal plötzlich einem gegenüberstand, sehr beeindruckend.

Lassen Sie mich an dieser Stelle noch danke sagen: an meine Lektoren Nina Wegscheider und Gerhard Seidl, an meinen Agenten Bastian Schlück, an meine Familie und ganz besonders an meine Frau Michaela, die wieder einmal Lektorin, Korrektorin, erste Leserin und begnadete Jägerin auf die letzten Tippfehlerteufel war. Und danke an Sie, liebe Leserinnen und Leser, die Sie mir schon so lange die Treue halten. Ich hoffe, mit diesem Weihnachtsgeschenk kann ich mich ein wenig dafür revanchieren.

Frohes Fest!

*Richard Dübell*

# Der Jahrhun-dertsturm

Roman.
Taschenbuch.
Auch als E-Book erhältlich.
www.ullstein-buchverlage.de

***1840 – DER JAHRHUNDERTSTURM BEGINNT***

Alvin von Briest ist ein echter Preuße. Er fühlt sich den alten Traditionen seines Heimatlandes verpflichtet. Auf Rat seines Freundes Otto von Bismarck entscheidet er sich sogar für eine Militärlaufbahn. Ganz anders sein Freund Paul Baermann. Paul ist ein Mann des Fortschritts. Seine einzige Liebe gilt der Eisenbahn. Bis er in Paris Louise Ferrand kennenlernt, die ihn mit ihrer Schönheit verzaubert. Doch Louise ist schon einem anderen versprochen – seinem besten Freund, Alvin von Briest. Ihr Herz aber gehört Paul. Während in Berlin Barrikaden gebaut werden, die Industrialisierung ihren Lauf nimmt und sich Deutschland schließlich unter Bismarck eint, müssen Alvin, Paul und Louise in einem Jahrhundert der Gegensätze ihren Weg finden.

ullstein

*Richard Dübell*

# Allerheiligen

Kriminalroman.
Taschenbuch.
Auch als E-Book erhältlich.
www.ullstein-buchverlage.de

***Sakrisch guad: Mord und Totschlag in Niederbayern***

Da legst di nieder! Ein gefährlicher Geiselnehmer im idyllischen Landshut? Auch das noch. Peter Bernward ist genervt: Sein Vater plagt ihn mit Vorträgen über Ahnenforschung. Die attraktive Kommissarin Flora Sander lässt ihn ständig abblitzen. Und jetzt behindern die arroganten Kollegen aus München auch noch seine Ermittlungen. Aber so leicht lässt sich ein niederbayrischer Dickschädel nicht von einer heißen Spur abbringen – und dann wird's gefährlich.

Der erste Kriminalroman von Bestsellerautor Richard Dübell!

ullstein